大阪高雄雙城記
紅豆餅
中獎號碼
周淑屏 著

目錄

紅豆餅

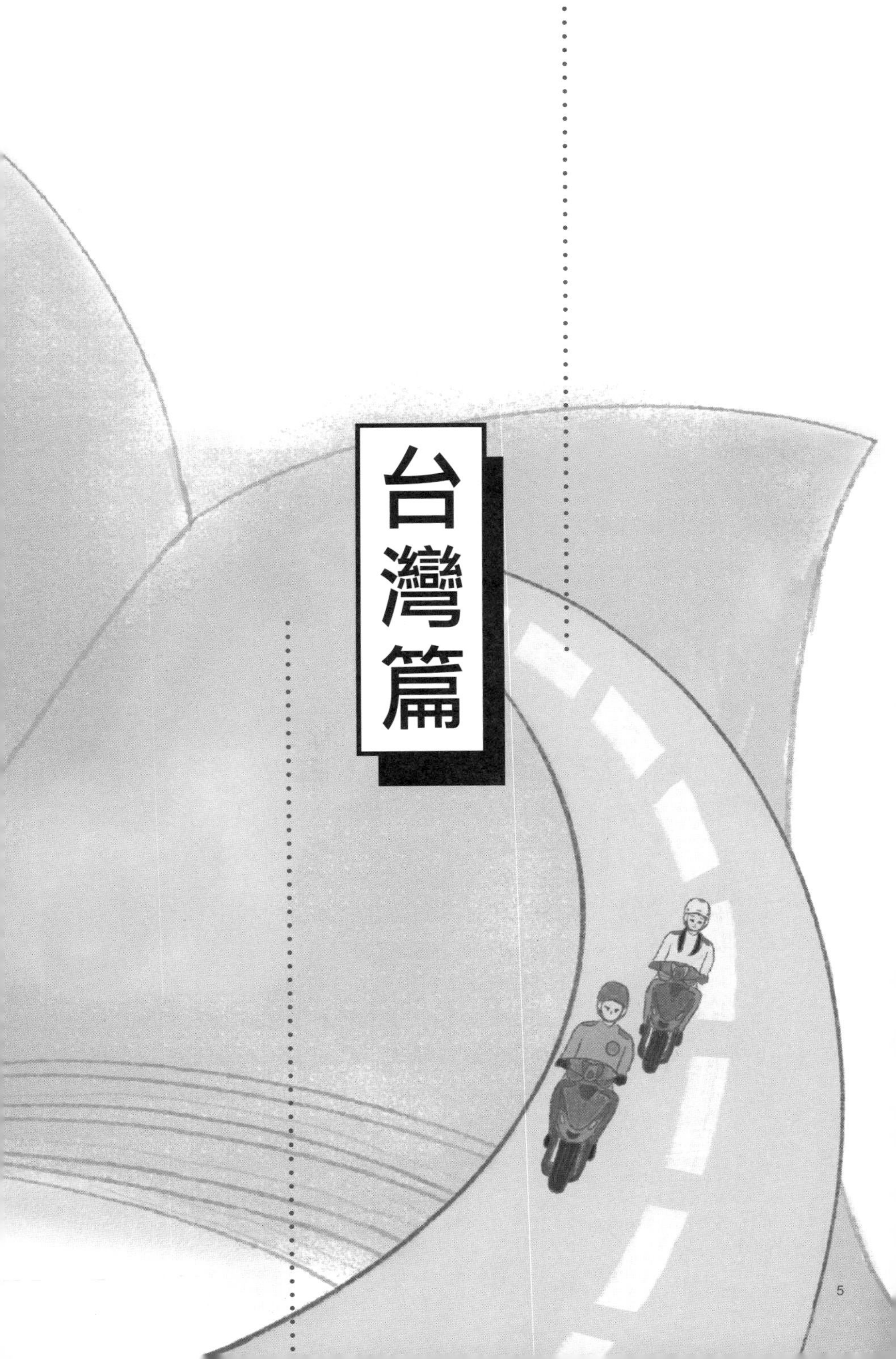
台灣篇

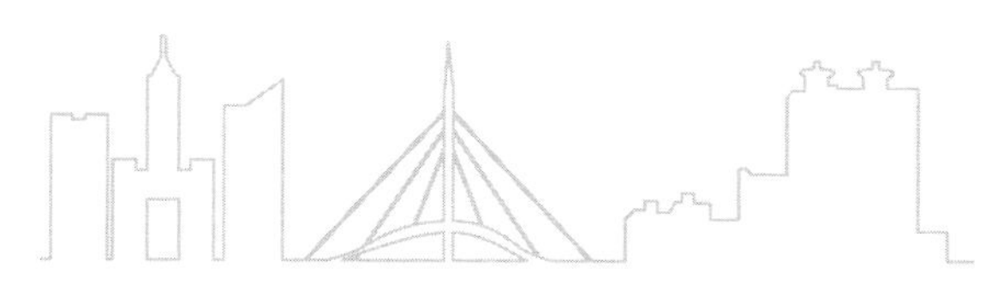

我和他的發票

在台灣定居後，朋友告訴我一件很有趣的事。她說：「買東西一定要將發票保存下來。」我問：「有甚麼用？又不可以退稅。」她答：「怎會沒用？可以用來兑獎！」

兑獎？原來台灣政府為了打擊商戶逃稅，鼓勵民眾消費一定要拿發票，會定期舉辦抽獎活動，類似香港的六合彩攪珠抽獎！獎項分為頭獎、大獎、特獎之類，發票的八個號碼完全一樣就會中獎，最多可得過千萬元台幣！當然還有安慰獎，就是發票號碼尾三個數字和大獎相同的，也可得到台幣兩百元（約港幣五十元）[1]。

每兩個月會攪珠一次，民眾就可以拿着發票對獎，用手機掃描對獎也可。網購或做了超商會員的，可將發票存在雲端，自動對獎，中了就會通知你。每一期也有人中了獎沒領獎的，不用擔心，各大媒體會發布中大獎的人是在哪裏消費，連買了甚麼也會列出來，讓民眾不會走漏眼。

所以，就算不買彩票也會「無端端」發達，一千萬台幣也不是小數目吧！當有一天突然有人告訴你中了一千萬大獎時，

1 台幣：新臺幣，於台灣地區使用的貨幣。1948 年上海爆發金融危機，政府大量發行貨幣造成惡性通貨膨脹，為解決問題而實施幣制改革，由台灣行政院授權委託台灣銀行，於 1949 年 6 月 15 日起發行流通，將改革前發行的貨幣稱為「舊臺幣」，此後發行的貨幣稱為「新臺幣」，現今常稱「台幣」。港幣與台幣的詳細匯率對照，可參見附表一。

他不一定是騙徒哩！當然台灣有二千多萬人口，中獎的機會很細，但每兩個月抽獎一次，一家人圍個大圈，齊齊拿着發票對獎，也是頗有趣的活動。

在 2022 年，為了鼓勵民眾在疫情後消費，台灣也有派發類似香港的消費券，每人六千元台幣，可以在網上申領或直接到銀行的提款機領取。

知道可以領六千元已經很久，數月前各媒體已經不停在説有甚麼方法可以領，當然可以先在網上登記，然後錢就會匯到我的戶口，但是我也不急着早幾天取，等到四月十日，我才到附近的陽信銀行取款。

到這間銀行取款，因為這間銀行位置較偏，平常較少人來不用排隊，但我在 ATM 前面準備拿錢時，後面已來了幾個人在我後面排隊。我不慌不忙的拿出提款卡，還有身份證和健保卡，鍵入幾個號碼之後，順利地拿到六千元。

拿到六千元在手，我感到這六張鈔票很薄，也不是可以用很久，但這已經是我的四分之一月薪，差不多是我們住那間小套房的一個月租金了！

我趕緊把鈔票放進皮革，再放進包包裏，好像深怕鈔票會跑掉似的！

該存起來還是怎麼用？我不用考慮，因為我在知道可以領這六千元的時候，已經想到怎麼用了 —— 我要買一份禮物給小智。

雖然我們住的小套房在三多商圈，這是一個生活機能很好的社區，但是我們的小套房實在小，而且是一間老舊的公寓，房子隔成的三間套房中最小的一間。

房間的牆壁很薄，鄰居洗衣服、洗澡的時候，我們也聽到水管發出的聲音，聲音很大，幾乎吵到睡不着覺。鄰居聽音樂的時候，我們也聽到、分享到，但那不是我們喜歡的歌手，我們聽到只覺得是噪音！

另一邊的鄰居養了三隻貓、一隻狗，她不用打開套房的門，我們已經嗅到強烈的貓狗排泄物的氣味。一隻狗和三隻貓有時會打架，打架的時候也是會吵到我們，而且住在裏面的同居男女也常會吵架，甚至打架，有時聽到摔東西的聲音，我還想着要不要去勸架，恐怕會有血案發生，但是小智說：這是同居男女之間的情趣罷了！

除了套房裏的噪音，還有外面的光污染。外面有一間典押店的霓虹光管大招牌，綠色、紫色、紅色光線不停閃耀。招牌幾乎有兩層樓那麼高，我們住的四樓是首當其衝，傍晚五、六點，招牌就會亮起來，我們的床就在窗邊，光線閃得人目眩，我們那紫色的窗簾已經不算薄，還聲稱是遮光的，但是，也看到紅色、紫色、綠色不停閃亮。最終，我買了銀色的雙層遮光簾，才勉強遮得住光，可以睡眠。

我在超商（即便利店）打工的兩萬元薪金，一個人在外租一間套房，勉強足夠生活。但是從與小智住在一起後，一切也不同了。

他家住在鳳山的透天，開洗衣店，他是家中的獨子，洗衣店和透天都會傳給他的。但他總是不安於室，和我搬到這裏三多商圈的套房，實在是委屈了他。他從前住的三層高透天，自己佔據了一層二十坪（約七百呎）[2]的空間，他有幾部最新的電子遊戲，有 VR 設備，還有挺舒服的有按摩功能的電腦椅。一個人的床有五尺寬，三餐不愁，有善於烹調的媽媽會為他煮最美味的菜式。他也不用擔心生活開支，當然不用付家用，有時自己的開支不夠，還可以伸手向媽媽要。

但是，和我在一起之後，他說要和我一起住。我本來住在小港區的小套房，那裏有十坪大（約三百五十呎），一個人住得很舒服，也很寧靜。但是他認為住在三多商圈生活機能比較好，而我們只租得起六千元的小套房，所以只能住在這裏。

2 坪：台灣常用的面積單位，發展自日本度傳統計量系統尺貫法，在明治時期發布的度量衡法中「一坪」被定義為邊長六日尺（約 180 厘米）的正方形面積，約等於香港常用面積單位的 36 呎（英制平方尺，ft^2）。坪數與呎數的詳細對照，可參見附表二。

從前他一個人使用二十坪大的空間，東西都是隨處亂放，有媽媽為他收拾。他一個人睡的床有五尺，現在和我一起兩人擠在五尺床上。也許兩個人初在一起時的甜蜜，會令我們都不介意。初住進來的時候，我常常頭枕在他的臂彎裏睡着了，他整個晚上也不敢動，不想吵醒我。第二朝早上，他的臂彎因為一晚沒動，都僵硬到不能伸展了。但是他不介意，他説那是甜蜜的僵硬、甜蜜的痛。

那時候可以隨處亂放在二十坪大空間的物品，現在只可以放在七坪大的空間中，而且還要放兩個人的物品。他的東西照樣隨處亂放，他倒樂觀的説：「現在空間小了，拿東西更方便，甚麼東西也在床邊伸手就可以拿到，甚至不用下床就拿到。」

他的電腦桌、電腦椅佔了房間五分一的空間，那是沒辦法的事，因為那是他的小天地，他説：「主要是電腦桌、電腦椅有地方放就可以了！」

他就是這樣容易滿足，反正他不用收拾房間，不用清潔衞浴，三多商圈吃的地方很多，夜市也很近，有沒有媽媽煮的菜色他也不介意了。對他來説，快點吃完回去玩電腦遊戲就是最好的。

他在新光路的一間漢堡包店工作，那是他朋友開的，一星期開五天，每天十時上班，晚上九時下班。因為是朋友開的，有時他不想去上班，朋友也不會過分怪責他，因為不是一星期五天也開工，他只有大約兩萬元薪金。

房租和買日用品的錢主要都是我付的，他只負責自己的機車的汽油和他在外面吃飯時的膳食費用，還有最大開支就是買電腦遊戲和最新的電腦產品吧！兩萬元他勉強夠用，有時他不夠用還是會回家拿錢。

「還是不要回家向媽媽伸手吧！我到你家時，看到她真是抬不起頭哦！」

他總是支支吾吾沒有正面答覆。

我很少去他家，我知道他媽媽不喜歡他搬出來和我一起住，他的爸爸早逝，媽媽很早就當了寡婦，而且只有他一個兒子，當然希望可以和他一起住。到他家吃飯時，雖然他媽媽對我是客客氣氣的，但言談間總是擔心我照顧不好小智，讓他吃不好穿不好睡不好，如果小智還回去伸手拿錢，他媽媽一定會認為是我們的花費大，小智才會要回去拿錢。

和我在一起，我知道小智是有委屈的，住的地方由六、七十坪的透天變成七坪吵雜的小套房，沒有媽媽照顧一日三餐，媽媽隔幾天就塞給他的零用錢，是為了彌補他的委屈，所以我總是設法不用他付錢。

他喜歡去用餐的地方都不便宜，我也不敢叫他去便宜一些的，附近也有一些吃滷肉飯、麵線、便當、自助餐的地方，每人兩百元以內應該就能解決到，而且吃得不錯。可是，他喜歡吃牛肉麵，吃牛肉麵也可以很便宜，可是他喜歡去最貴那一間吃，每次兩人去吃差不多要一千元。他也喜歡吃泰國菜、日本菜、意大利麵，每一餐花超過一千元。有時付錢時，他看到我面有難色，從前他也會自己付幾次，近一兩個月以來，他看到我面有難色的時候，卻不大理會了。

我只有兩萬多元（約港幣五千多元）的薪金，實在不能給他最好的，每兩個月一次發票對獎的時候，就是我充滿盼望的一天！每天在吵雜的環境裏，每晚睡不好，每個月入不敷支，我幾乎已沒有甚麼盼望，可是每次發票對獎的時候，我還是有一線希望。我總是從裝發票的布袋中拿出這兩個月的發票，一張張疊好、按平，然後由小智用手機掃描對獎。沒中沒中沒中，每一次都是聽到這種聲音，偶然一次中獎，雖然只是二百元，已令我開心一整天，我相信總有一天可以中到一千萬元，我們可以買一間七、八百萬的新大樓，那是我最美好的盼望、最理想的生活！

常常在媒體中看到甚麼人買一杯數十元飲品便會中獎，或者買一件小文具就中一千萬元，也許我也可以。當然我也可以去買樂透，那裏有很多人在排隊，但是我連買樂透的數百元也捨不得拿出來，反正每天也要消費，也能拿到發票，為甚麼還要拿數百元去買樂透呢？

消費的時候，我會儘量分幾次去買，在超市、超商裏，我會不厭其煩分幾次去結帳，以便拿到多點發票。我不理會收費員的臉色不好，那是我的權利，我不可以分多次去買嗎？我也儘量光顧會開發票的食肆，這樣，每次對發票的時候，我都有近百張發票可以對獎，中獎的機會應該比其他人大吧？

可是每次發票對獎時，都是滿懷希望的一張張拿出來，然後是滿懷失望的整疊放回去。沒中的發票我都不會拋棄，因為怕對漏了，中獎的發票如果已經拋掉就慘了，所以我差不多累積了一年的發票也不會棄掉。

拿出自己的發票給小智對獎時，雖然他的期望沒有我那麼大，但他也會不厭其煩地幫我的發票對獎。我從來沒看到他拿出自己的發票來對獎，可能是買日用品、外出吃飯付款的多是我，所以發票多是我拿的，但是他也有買電腦遊戲、電腦設備啊甚麼的，他應該也有發票，可是從來沒有看到他拿出來。

我實在對他的發票有點好奇，到底他近兩萬元的薪金都花到哪裏呢？這一次，因為我想把拿到的六千元花在他開心的事情上，思前想後，到底他最喜歡得到甚麼呢？於是我悄悄從他的電腦袋裏拿出他的發票來，他的發票不多，大概只有二十張。

買電腦遊戲、電腦遊戲點數卡等是每月最大的開支，還有最新的 PS5 遊戲，花費可真驚人，還有最新型號的蘋果手機配件，這些都是我不敢想像的花費！

只有六千元，我就連給他買 Play Station 遊戲機最新型號也不夠，也許可以帶他到大酒店吃到飽，但到那裏吃午餐兩

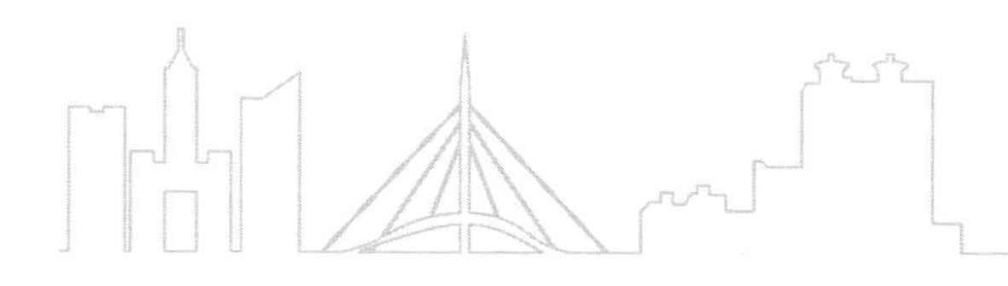

個人可要三千多元呢！而且他也不是十分喜歡吃，良久，我決定到蝦皮網站[3]去看看一般男生都喜歡玩甚麼電腦遊戲。

我自己很少玩電腦遊戲，所以對這些不熟悉，到了蝦皮網站，然後看看哪一種電腦遊戲是最熱銷的，還會看網友的評價説哪種最刺激、最好玩。我又悄悄翻小智的電腦遊戲光碟，為免買到重複的遊戲。選了幾個電腦遊戲後，我還問店家怎麼玩、哪種最好玩，這就花了四千多元。買了最新的遊戲光碟後，剩下的千多元，我打算為自己買一件新的上衣、新裙子、新鞋子，我現在穿的鞋子都破了，上衣和褲子都半年沒有買過，也許小智已對我的打扮有點厭煩。

已經有一兩個月他沒有再讓我的頭枕在他的臂彎上，他也沒有再帶我回他的家吃飯。和我一起外出吃飯的時候，他也是只看電話，沒有多和我説上幾句話。我懷疑我每天穿甚麼衣着、我的鞋子破了，他是不會知道的。然而，比起他的委屈——他和我一起住在這種地方受到的委屈，我的委屈不算甚麼吧！

我特地到「九乘九」文具店買了漂亮的包裝紙，把遊戲光碟包裝得漂漂亮亮，準備要在哪一個晚上送給小智。往後的星期一，起床之後我已經看不到他，那我就等他下班回來再給他吧！之後等到八、九點，他還沒有回來，我忽然在想他應該也拿了那六千元，他會拿來做甚麼呢？當然六千元對他來説不是

3 蝦皮網站：指「蝦皮購物」線上電子商務平台，總部設於新加坡，現為台灣常用的網上購物網站。

甚麼大數目，但他會留意到我穿的衣服舊了、鞋子破了？也會跟我一樣想給我一個驚喜？會想給我買新的裙子、鞋子嗎？我不希望他為我買昂貴的衣服，我要買的裙子、上衣和鞋子，千多元就可以買到，他還要給自己吃好一點的，買一些新的遊戲光碟……我想像他拿出給我買的禮物時，也許我會驚喜得昏過去呢！

十點十一點十二點，有時小智會在朋友家一起打遊戲，但他會先打電話告訴我，偶爾會回家睡一兩晚，那是因為她媽媽有點不舒服想他回去，但他也會先告訴我的，像這一次不聲不響的到十二點也不回來，是第一遭！他的手機我打了無數次，也沒有人聽，直到深夜二時、三時也找不到他，我實在忐忑不安、五內如焚了！

一夜沒睡，到了第二天，瘋狂的打他的手機還是沒人接聽，於是，我往他工作的漢堡包店找他，店外貼出了今天休假的告示。我擔心極了，於是上網看最近的新聞，看看有沒有甚麼交通意外。交通意外不錯是每天也有很多，但沒有關於他的。我又跑到附近的阮綜合醫院、信義醫院，還有遠一點的大同醫院，去看看有沒有發生意外被送來的人是小智的名字，找不到他的名字之後，我心安了一些，但是又更胡思亂想了。

我想到最近的新聞熱播有些人被騙到柬埔寨，在那裏被禁錮回不來了，他們會被虐待虐打，會不會是小智想改善我們的生活，信了那些招工的人，去了柬埔寨那些地方打工呢？那怎麼辦？於是我又跑了一趟警局，把小智的情況告訴他們。警察説好説歹地安慰我，叫我不要胡思亂想，他說近來這種騙案已經少了很多，叫我不要擔心。

一個人「無端端」人間蒸發了，擔心他的安危有錯嗎？我已經整晚睡不好，也沒心情去上班、沒心情吃飯。回家之後，我翻小智的東西，看看在他失蹤之前有甚麼異樣沒有，竟讓我無意中發現他有一張發票兌獎的證明！

之前我不斷盤算那六千元怎麼用，但那六千元算甚麼？原來小智中了兩百萬元的大獎！他是中了獎所以失了蹤？他沒有告訴我中了獎，沒告訴我是因為不想和我分享？他還一個人失去了蹤影！

於是我又開始胡思亂想了，他是用了那二百萬買頭等機票去他夢寐以求的東京花費？這二百萬可以拿去當作買一間屋的頭期款呀！你還有良心嗎？拿了錢只顧自己享樂、旅遊！

想着想着，我傷心的哭了起來。枉我還省吃儉用的都想送禮物給他，但是他有了錢就忘記我！我的淚水沾濕了整個枕袋和半張床單！

這時，我聽到有人用鑰匙開門的聲音，馬上全速衝到門口。

開門的是小智，看到他，我差點站立不穩，只是抓着他的手臂大力搖動，問他：「你到底到了哪裏？」

「你跟我來就知道！」他沒有理會我的反應，就拉着我往下跑。

到了家樓下，他朋友的房車已經在等。我只是穿了背心、短褲，而且小背心已經被淚水濕透了，真狼狽！

「我們要去哪裏？」

「一會就知道！」他說。

車子很快駛進入了一條我熟悉的道路，那是開往他家的道路。還是那棟三層透天，他拉我進去，開門的是他的媽媽，她笑着說：「你終於來了！我的兒子就是喜歡裝神秘，他昨晚整夜沒睡呢！」

這時我才留意到小智和他的朋友身上都沾滿了油漆的污漬。

他拉我到他家透天的三樓，這裏跟從前我看到的完全不同了。二十坪的空間重新油漆過，是我最喜歡的淡綠色，空氣中還飄着油漆的氣味。地板是我最想擁有的楓木地板，還有歐式家具和童話故事中公主睡的華麗雙人床，天花板上還有閃閃發亮的水晶燈！

「怎樣？這都是你最愛的裝潢、最愛的家具吧？地板和牆壁的油漆都是我和朋友花了幾天和昨晚一個通宵裝潢的！」

「你就是這樣花了那二百萬？」我半驚半喜地問。

他說：「發票中獎的事你都知道了？我當然沒有花完那二百萬，還剩一半呢！」

「你把這裏裝潢成這樣，是因為……」

「都是因為你！我知道你不喜歡住在那小套房裏，不喜歡那裏太吵，不喜歡那外面的霓虹招牌太亮，我知道你每晚都睡不好。中了獎金兩百萬，雖然可以作為買新屋的頭期款，可是往後每個月供款我們兩個人可吃不消呢！媽媽年紀大了，讓她一個人住我也不放心。我知道這舊透天也許不適合你，但跟你的愛好裝潢了，你一定會喜歡的！」

那的確是我最喜歡的裝潢、我夢想中的家居設計，每一件家具都是我夢寐以求的！

「那二百萬中還花了一點錢在這裏呢！」站在他身旁的朋友指着他的外衣衣袋說。

小智從衣袋裏拿出一個小盒子，打開給我看，裏面是一枚藍色寶石戒指。

「他說獎金剩下的錢，要拿來要給你辦一場童話式的婚禮呢！」小智的媽媽說。

「快點應承！快點應承吧！」小智身邊的朋友和他的媽媽同時大嚷。

我的眼睛又被淚水充滿了。

兩個月的擺攤體驗

由香港來高雄的朋友中，頗有一些創業成功的個案，其中頗多是從事飲食行業的，也有一些無心插柳而成功的例子。

有一家人，成員有年邁的父母、兄弟倆的妻子和子女。兄弟倆已屆中年，在香港時都略有事業成就，是當教師和做生意的。他們來到高雄之初本來想開一間小食肆，但因為疫情而一拖再拖，未能成事。愛烹飪的奶奶有空的時間就研究一些香港家常菜式，煮給家人和朋友吃，朋友吃後都大讚。於是他們就多花時間到菜市場找一些能夠煮香港菜式的材料，如臘腸、腐乳、鹹蛋等等，去做香港家常菜菜式給朋友品嚐。之後，疫情嚴重，在高雄的香港人都不大敢上街到食肆吃飯，這對小夫妻就將這些菜式做成急凍包，以朋友價台幣一百元（約港幣二十五元）一包（兩人分量）賣給朋友。

本來只是和幾個朋友之間的事，之後因為口碑好，漸漸傳開，成為一個上百人的訂餐小組，又漸漸變成每星期出一次新菜式。新菜式有醬爆肉、土匪雞翼、滷水雞翼、蒜蓉排骨、孜然骨、蝦醬腩肉等這些香港人愛吃的家常菜，還有老火湯和港式奶茶、涼茶供應，因此大受歡迎。在高雄的客人他們遠近都會送貨到家樓下，十分方便。後來還有一些台灣人慕名而來，他們就將急凍包經貨運運到台灣各地。

到了疫情漸緩，大家都安心上街吃飯、消費之後，他們就在高雄的蚵仔寮買了一幢三層的透天，一樓就用來做餐廳，三樓則是全家人居住之用。他們將之前做調理包的菜式發揚光大，加上港式奶茶、咖啡等等，吸引了之前光顧的香港人，還有來蚵仔寮的遊客來尋訪美食，可說是其門如市。因為他們全家人全情投入台灣的生活，和鄰居、里長的關係很好，他們大力資助這裏舉辦居民聯誼的活動，還邀請想嘗試創業的香港朋友一起來辦市集。每個周末的兩天，這小市集中提供許多香港人熟悉和懷念的小吃，有港式甜品蛋撻、椰撻、B 仔涼粉、芒果冰淇淋，有讓人吃得飽也可以帶回家做菜的港式燒肉、叉燒、鹵水雞翼、港式冷麵等等。由此，一個在蚵仔寮的港人市集就這樣辦起來，生意滔滔。這一家人可謂發揮了「己欲立而立人，己欲達而達人」的精神，不只幫助了附近的街坊，也幫助了想創業的香港朋友。

不說不知，這家人還常常做義工，他們在附近的學校義務教小朋友英文、音樂，因為這家人的媳婦小蘋在香港時是小學的英語、音樂科教師，她雖然不能做回小學教師工作，但來到這裏也不想浪費了自己的專業才能，所以經常做志工幫忙教導附近學校的孩子。她還發起招募香港的朋友來做義工，一起教小孩功課。這些學校的小孩都來自經濟不富裕的家庭，所以她也發起募捐玩具、文具的活動，在節日裏送給這些小孩作獎勵。因此附近學校的孩子和父母都認識她，走在街上有很多父母和孩子跟她打招呼。小蘋説：「能夠做多少就多少，看到小孩成績有進步，看到他們臉上的笑容，我就十分滿足了！」

另有一個香港美食家東哥，在來到高雄之後，日長無事就每天鑽研不同菜式：魚翅、龍躉、乾炒牛河、自製午餐肉、自烤叉燒，有些食材在台灣找不到，他還自己動手做，如自曬菜乾、鹹魚，自製鹹蛋、醃酸菜等等……每天以烹煮為樂。後來朋友得知，都要到他家品嚐，漸漸發展成家常私房菜，甚至辦起筵席來。他也每星期製作一些新菜餚，做成急凍包供朋友訂購，由是一傳十，十傳百，他成了一位家常私房菜達人，客似雲來。東哥經營私房菜不是為賺錢，起初是為了閒來無事可做，才動手做菜。他在香港時是專業人士，不是廚師，烹飪純粹是興趣，後來多人欣賞他做的菜，他也以此招聚住在高雄的香港朋友，請他們到他家裏唱卡拉 OK，一起聽香港的懷舊歌曲，一起喝酒聊天，藉此讓同是離鄉別井的香港朋友聚在一起，相濡以沫。

以飲食創業的，除了專業的，也有業餘的，其中以兩對小夫妻的創業經驗最有趣。專業的有一位來自香港高尚食府的廚師，和太太來了高雄就開了一間賣粥的小店舖。一碗健康粥中有肉丸、特大雲吞，加上一些蒸肉餅、蒸雞翼等配飯菜式，雖然簡單但健康美味，開業不到兩個月就吸引了住在附近的客人。小店的座位不多，五、六桌座位從早到晚都坐滿人。小夫妻後來生了一個小娃，丈夫當廚師，太太像有七手八腳，做掌

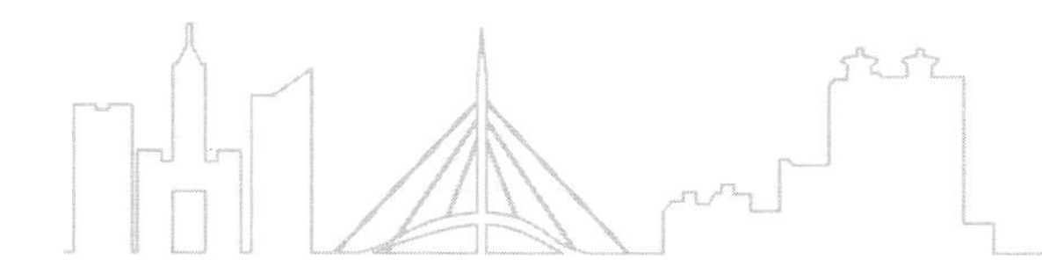

櫃和招呼客人還能同時照顧小嬰兒。一個快樂的小家庭感染了來幫襯的每一個食客，煮的、吃的、招呼的都樂也融融。最近因為小店座位太少，已經要小舖搬大舖，大有發展了！

此外，有一位本來是香港的家庭主婦，丈夫在香港時任教師，來到高雄後，二人無所事事，在家中你眼望我眼膩了，本來只為丈夫和兩個兒子煮一日三餐的太太就跑去學烹飪，學有所成，兩夫婦就在熟食市場租了一個月租台幣五、六千元的小檔攤，賣起港式咖哩魚蛋、煎釀三寶、老火湯、粥品、炒麵、奶茶、砵仔糕。本來只是小試牛刀，但開業幾天客人已經大排長龍，想不到高雄人也愛港式小食。因為他們朋友眾多，單是朋友訂的已超過他們能做的負荷。將近端午節，他們又賣起港式粽子來，朋友幾十隻幾十隻的訂，令他們忙過不亦樂乎！他們最能吸引香港朋友的是港式老火湯，小包的一百元、大包的一百八十元，就能買回家喝到在香港時常常可以享用、在台灣卻久違了的有益湯水，喝了裨益身體之餘，還可以一解思鄉之情。香港朋友來買湯水時，都愛和這對小夫妻聊聊天、聚聚舊，這小檔攤雖小卻聚滿了溫情。

在高雄創業的朋友，有做美容、零食批發、賣童裝的，但在疫情打擊之下，只可偃旗息鼓，唯有做飲食的一枝獨秀，甚至連本來用來打發時間的也無心插柳創業成功。這也許因為移民來高雄的香港人越來越多，港人愛吃港式美食，單是做香港人的生意，已足以養起一間小店了。

我既不懂也不愛烹飪，難以做飲食業的生意；國語說不好又不懂台語，做便利店員工也沒人會請，不想坐吃山崩的話，唯一的出路似乎是做速遞員或飲食外送員了。

當我將這打算告訴身在香港的媽媽時，她大吃一驚，說：「台灣的交通意外數字這麼高，你由朝到晚騎電單車送貨很危險的！不如這樣吧，你去幫婆婆擺攤，應該可以賺到點生活費的！」

「擺攤？甚麼是擺攤？」我問。

「就是在市場有個小檔口賣點甚麼賺錢，勤力一點的話，應該夠餬口的！」

沒料到那短短兩個月的體驗，竟成了我人生中十分重要的人生體驗，對我以後的處事待人有十分重要的影響。

婆婆早年隨舅父移居台灣，舅父娶了一個台灣女子，取得台灣身份證後，就接了婆婆去居住。可是好賭成性的舅父到了台灣不久又故態復萌，因此欠了一筆巨債，之後更不知逃到哪裏去了。愛子心切的婆婆認為舅父一定會改過，一定會回來，不肯回到香港，但為了生活，經人介紹在市場裏擺攤營生。

雖然生活遭逢巨變，但是婆婆性格仍是開朗樂觀，好像任何的逆境也不能把她打敗。她對我說：「別以為婆婆很大年紀，婆婆十幾歲就懷了你媽媽，你媽媽也很早結婚，婆婆體力還很好呢！你可以倚靠婆婆，不用擔心。」

婆婆最常對我説的話就是這一句——你可以倚靠我！我當然希望可以反過來對她説：「你可以依靠你的孫子！」

但就在我開始幫婆婆擺攤前幾天，她卻病倒了，應該是積勞成疾吧！每年政府都有免費的身體檢查，婆婆總是身體有不舒服也不肯去，這次都是我強迫她去的。終於，她第一次去檢查就發現患癌，幸好發現得早，只是第一期，醫生説手術之後，有九成機會可以完全康復。

她住院之後，看到我早晚忙進忙出照顧她，總是對我碎碎唸：「你不用天天來，你去工作吧！一兩星期後我就可以出院，我仍然可以工作。」

婆婆在菜市場擺攤，勞勞碌碌大半生。每天把那些貨品搬上搬下，每天由早上六時忙到晚上七時，她的手粗糙得連掌紋也完全磨滅了，筋骨更是勞損得厲害，甚麼五十肩、腰間盤突出、膝關節勞損、腳趾外翻……她全都有，就算是里長介紹給她最聞名的復健師傅也沒甚麼幫助。

就在等婆婆康復出院時，一通電話改變了我往後做人處事的方向！

已經多次對婆婆説不要接聽電話，不要再理會市場的事了，但是當我處理完她的尿盆回到病房時，還是看到她偷偷地在接電話。我站在門邊不説話，想聽她在説甚麼。

「請你告訴經理我一個星期……最多兩星期就可以出院了，到時我又可以照常工作，請不要將貨品交給旁邊賣洗衣用品的店賣。我們合作這麼久了，就一兩個星期也不能等嗎？沒錯我是住院差不多整整一個月了，但是我真的很快可以出去，不不不，千萬不要，我還是有氣有力，你聽我的聲音還是聲如洪鐘，叫賣是沒問題的，搬貨物也沒問題。不不不，不用你們派多個人來幫忙，我自己可以應付的。我的孫子？不用他幫忙，大學生怎可以幹這樣的活！真的請你不要將貨品給賣洗衣用品的賣去，他們不可靠，他們都是賣假貨的，會影響你們貨品的聲譽！就兩個星期……兩個星期你們也等不了嗎？我們合作兩年多了，兩年多以來我不是把你們的衣服鞋襪都賣得很好嗎？我自己原本賣的鞋子都不賣了，就專誠幫你們賣你們的衣服鞋襪，這樣也不夠嗎？兩個星期也等不了的話，一個星期好嗎？一個星期後我就可以出院，真的，真的，請你相信我，不要將生意給別人。一個星期後，我就可以出院繼續為你們做事了！好的，好的，感謝，感謝，一萬個感謝！」

聽到她的話，我忙跑進病房，急得大嚷：「婆婆，醫生説你還要休養一個月，怎可以在一星期後出院？就算是兩星期也不可以，你還説一個星期後回去工作！」

「你不明白的，從前我賣鞋子賺得很少，後來這間有名氣的公司叫我把攤檔租給他們，和他們合作，因為他們代理的衣服鞋襪賣得得好，我才賺得多了！如果他們把這生意給了別人，我們的生計怎麼辦呢？怎麼也一定要保住這間公司的工作才行！旁邊那個賣洗衣用品的長了壞心眼，常常想把我們的生意搶過去，我們一定要保住這工作的！」

「那麼你讓我去幫你擺攤吧！要賣的貨物這麼多這麼重，怎可以讓你由早到晚的勞累？你怎麼承受得了？讓年青力壯的我去幫你擺攤賣衣服吧！」

「你是大學生，還未做過這種工作，怎可以自己去做呢！如果你不放心的話，我出院復工之後你來幫手就是了！」

「不可以，婆婆絕對不可以復工，讓我幫你，讓我代替你去賣衣服！」

「你怎懂得做這些事情？你在大學裏唸書有學擺攤的嗎？傻孩子！」

「學着學着就懂得，你不是常常說我很會唸書嗎？我的學習能力是很強的，說不定我還會比你賣得好賣得多！到時你要擔心我呆在菜市場裏不肯到外面找工作呢！」

「你這麼說我也沒辦法了，這樣也好，你裝着幫我賣拖延他們，讓他們先不要把生意交給賣洗衣用品的，拖延多幾天，我就能出院了，這樣也好。」

我也是這樣想，擺攤的工作我也能應付的話，婆婆就不用急着出院，可以住院直到完全康復了。

就是這樣，我開始了在菜市場擺攤的生涯。

這間向菜市場攤子供貨的公司，是一家衣服鞋襪的批發商，他們會找一些菜市場的攤子合作，常是這裏賣幾天，那裏賣幾天的。但是婆婆擺攤的菜市場很暢旺，人流多，在這裏賣了幾次發現生意好之後，他們就説服婆婆和他們合作。當時婆婆想反正賣鞋的生意不怎麼好，就和他們合作起來。

和批發商合作的情況是這樣的：每天賣衣服鞋襪收到的現金就交給批發商老闆，婆婆從每個月算的業績抽成，好像是抽百分之二十，她告訴我在接近連假的時候業績最好，曾經一個月領到十萬元（約港幣兩萬五千元）。

我對擺攤子的工作可説是一竅不通，幸好批發公司派來一個師傅教我怎樣擺攤，也是他告訴我婆婆這兩年多以來是怎樣熬過來的。

之前我只是偶爾會來菜市場幫婆婆收攤，沒想到擺攤子會是這麼操勞的工作。每天差不多凌晨五點多就要起床，先騎車到公司拿貨，開車到那邊通常六點多，然後把貨物放回攤子，把全車的東西搬下來，接着把整個攤子中的桌子、架子架起來，之後是打燈、擺貨等，直到差不多七點半、八點開始叫賣，大約到一點多結束，可以吃午飯和稍事休息。然後下午兩三點再準備黃昏市場的擺賣，一直忙到六、七點才開始收攤。結束後再把所有東西收拾，衣服裝袋搬回車上，然後開車回公司送錢、補貨，再從攤檔騎車回家。回到家之後就算怎樣勞累，隔天一早照樣要起來，所以在正常情況下每晚九點前就要上床睡覺，一個月只能休息兩天。原來婆婆這些年就是這樣勞碌，因而操勞過度累壞了身體，積勞成疾，成了這病！

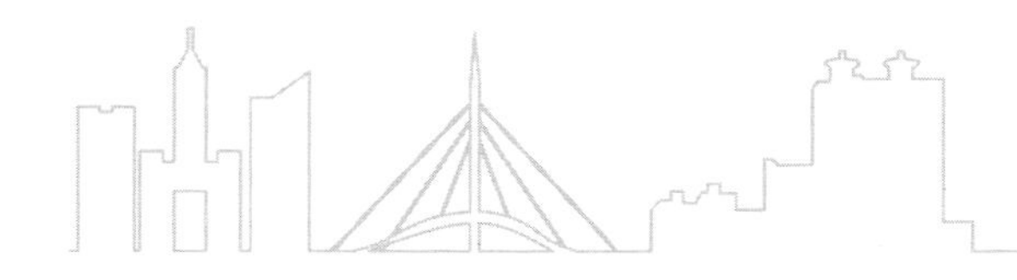

體力上的操勞也就算了，又因為這菜市場是這地區最暢旺最多客人的市場，公司對業績要求頗高，所以師傅對銷售技巧也有一定的要求。作為菜鳥新手的我，第一天就被要求到菜市場婆婆的攤子中叫賣，拿着桿子吊着衣服嚷：「走過路過，不要錯過！」

公司派來教我的師父管我叫他四師父，他說在家裏排行第四。四師父教我在攤子上掛的衣服要「配色」，把最搶眼、顏色最鮮豔好看的放最前面吸引客人，那些較平價、比較滯銷的基本款要放後面。

教我怎樣掛衣服、展示衣服之餘，四師父還訓練我銷售的技巧。他帶我去別的攤子看他們怎麼賣，還教我怎樣練習話術。四師傅對我說：

「來菜市場買東西的有形形色色的人，對商店的銷售員來說，賣東西多是介紹產品、行銷、廣告、品牌、包裝等等，但是菜市場基本上就是個『武市』，比較多的是看人、讀心、話術、肢體動作、運用現場氛圍、利用客人影響其他客人，簡單來說銷售就像是『一場秀（SHOW）』！」

「『一場秀』？在菜市場賣衣服怎會是一場秀？在菜市場買東西的都是街坊鄰里，想買些便宜又實用的東西罷了，為甚麼要做秀？」我大惑不解。

「慢慢你就會知道了，菜市場之所以叫做『武市』當然是有原因的。我們賣攤子的也要文武雙全才行。菜市場裏就有一個做拍賣的，他拿一些商店賣不出去的貨品，用拍賣的形式吸引顧客，賣得很好。有些存在貨倉裏好幾年的貨品，在這裏拍賣也能賣好賣光，還賣到好價錢，靠的就是那人的三寸不爛之舌！這攤子也是我們公司供貨給他的，他現在每月的收入很可觀呢！他就曾經學過話劇表演藝術，很懂做秀，你去參觀一下，好好學習吧！」

這個四師父叫我去觀摩的拍賣攤子，是賣超強力洗衣球的。等到菜市場人潮漸多，這位做秀的「著名藝人」才出現，他只是騎機車帶了一箱子東西，沒多少時間就弄好他們的小攤——一個臉盆、幾十包洗衣球、髒衣服和水，接着接駁好了揚聲機，就開始叫賣。很快就有一些人聚集，他們開始解說這個洗衣球能放到洗衣機裏，不用再加洗衣粉去洗，就能讓衣服變得光潔如新，然後就示範將髒衣服加入洗衣球攪一攪，很快衣服上弄髒了的地方就變得雪白雪白的！

據說這洗衣球能令沾了血漬、醬汁甚至油漆的衣服變得很乾淨。他繪影繪聲地說：「這洗衣球是最新的微米技術做成的，目前促銷中一大包只賣五百元，現場只帶了幾十包，買前十包的只是十元一包，旨在讓街坊鄰居試試這好產品，但十包之後就要照原價了！街坊客人要快點搶購！」

他鼓其如簧之舌說：「手快有，手慢就沒有！走過路過不要錯過！五百元的貨品十元就買到！從此你不用買新衣服，每天穿的衣服都光潔如新。各位太太，就算孩子玩得髒，就算

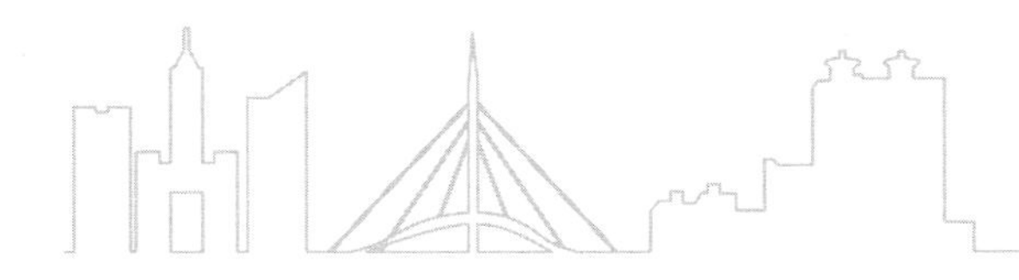

他滾到泥裏，或身上沾滿畫畫的顏料都不怕！當油漆工的老公的衣服花幾分鐘就變得光潔如新！連給老公、孩子買新衣服的錢，都可以留給自己去光顧醫美了！」

他話剛完，就有第一個人搶着付錢，在第一個人買了之後，大家也跟着買，不到一小時，就連最後一包都賣出了。

我問四師傅：「這貨品真的有這麼好用嗎？真有這麼神奇的清潔效能？我看最初搶着買的那兩三個人，就是剛才幫忙搬貨的那幾個人，他們也是這場秀的演員嗎？」

「真是孺子可教！你這麼快就看得出來，果然是大學生！你也要加入嗎？賣洗衣球這生意可真是一本萬利，賺到的可是你們家的攤子賣衣服鞋襪的十倍！你要加入嗎？」四師傅問我。

我反問四師傅：「洗衣球這麼好賣，為甚麼他們不拿多些來賣？只賣一小時？而且剛才你說他一個月只來這裏兩三天，不是天天來！」

「這個嗎？要解釋也真難！還是要你自己慢慢觀察，摸索出奧秘！」四師傅怪裏怪氣地笑着說。

果然做秀的藝人才走沒多久，就有客人來要找他們，說洗衣球沒有用，是騙人的，然後是髒話一大堆。

我算一算，他每次帶了五十包洗衣球來賣，一天騙五十個人買，產品只是從大陸淘寶十元八元一包買來的，扣除租攤子的錢，一天賺兩萬多，一個月也能賺六十多萬，每天只做幾小時工作，真是容易賺的快錢。

「四師傅，我剛才明明看到他真是能夠把衣服洗乾淨的。」我滿腦疑惑。

「是嗎？就是嘛，所以我説他們是做秀的藝人，還可以説他們是魔術師呢！這樣説吧，他們先用藥水讓衣服看起來是髒的，然後再加藥水中和掉，人們會看到確實有變乾淨，而且他們用來做秀的衣服都是新的，所以一洗之後當然會光潔如新吧！你也應該看得出來，剛才第一個買的人真的是客人嗎？那應該是自己人吧！我們沒客人時也這麼找員工來做秀，這就是聰明人賺大錢的方法了！我就是沒有他們的伶牙俐齒，沒有他們那麼會做秀，才會還在這裏賣衣服的！」

我的心裏在嘀咕：這不是在騙人嗎？而且騙的是街坊鄰里！不過他們都不是在這裏住的，所以也不怕街坊來找晦氣。

開始擺攤的頭兩天，四師傅都在旁邊看着我、指導我，他還教導我應付奧客（難應付的客人）的技巧。

那天攤子裏有很多客人在挑選衣服，然後有個奧客一直在説我們的衣服質量不好又容易破，而且有很多線頭，因為這會影響其他人的購買意欲，所以四師父就直接用台語向她飆罵：「不識貨、不懂行情的鄉巴子，不買就給我滾開！我們這裏這麼多好貨，CP 值這麼高，你不買就算了，還有一大堆人爭着買！」說着拿起一個衣架子就作勢要砸向她，奧客嚇得跑走，其他客人卻沒被嚇走，反而好像被四師傅的氣勢震懾了，覺得我們這攤子的衣服很有價值，不然老闆為甚麼會因為奧客不識貨那麼生氣，而且還敢於趕走顧客，於是開始搶着購買。

令我意想不到的，是那奧客走掉之後，幾分鐘又跑回來，看到她想買的衣服都被其他人買去了，好像很心急地跟我說：「我剛才話說得過了頭，那幾件衣服還有沒有貨？我想要買，這個價錢這種質量，CP 值還是不錯的，就算很多線頭，回去剪掉就行了。我剛才這麼說，只是想自己第二次幫襯了，你們應該賣便宜一些。」

我笑着說：「我偷偷賣給你吧，不要給老闆看到，他現在還在氣頭上呢！」

然後那奧客爽快地付了錢，拿着幾件衣服興盡而歸。

四師傅說：「有些客人就是犯賤，你不急着賣給他，你罵他，他反而覺得你的貨品一定是不愁賣不出的好貨品，他還要回來求你賣給他呢！所以對待客人也不一定要低聲下氣，有時要擺一擺高姿態才好！」

頭一兩天，四師傅在旁邊觀察、指導之後，第三天他叫我試試自己來。他說：「你果然是大學生，有文化、有天分，阿嬤、阿伯看到你就像見到他們的兒子、孫子一樣，大學生說幾句，就好過其他人說上十句！」

然而，就在我覺得擺攤子是容易的事時，我卻遇上愛殺價的超級阿嬤。我們這陣子售賣的款式是彈力休閒褲，一件兩百五十九，五件一千元。這位超級殺價阿嬤拿起褲子問我：「是不是五條一千元？那不是二百元就有一條了？」

我說：「可以這樣說吧！」然後她拿了兩條褲子就塞給我四百元。我說：「是買五條才有一千元的特價！」她說：「你這是欺騙阿嬤！剛才明明說是二百元一條，你這小伙子竟然這樣欺負老人！我不懂算數嗎？是二百元一條，你剛才明明說是二百元一條！」

她越吵越大聲，我也不敢和她爭論，在她拿着褲子要跑開時，四師傅大叫：「剛才幾位美女也是買五條才有一千元的特價，這位大姐竟然買兩條就付二百元一條，這叫我們怎麼對得起剛才的美女喔！」

經四師父這麼一嚷，剛才付了一千元買五條褲子的都回頭看，有些更怒瞪着那個超級殺價阿嬤，有些還說：「這就是明擺着倚老賣老，欺負年輕人嘛！」

超級殺價阿嬤在群情洶湧之下，只好回來乖乖地付五百一十八元買兩條褲子。

我實在對四師傅佩服得五體投地，看來我還有很多事情要跟他學呢！

他對我說：「小子，這就是群眾壓力，菜市場買東西許多時也是在群眾壓力之下，用那個價錢買那種東西的！」

「這不是跟情感勒索一樣嗎？」

「這就完全不同了，小子你要學的還有很多呢！」

不到一星期，我已經能夠獨當一面自己在攤子上銷售，四師傅只在星期六客人最多的時候來看看我。

那個星期六，我從公司拿回來他們説是新到最好賣的衣服，但是進貨要先付款和不可以退貨。我打開一看，卻是舊款式的 polo 衫，看起來就是六十多七十歲老人穿的，把衣服掛了起來自己也沒信心賣出去。這些老舊款式的衣服還賣七九九元一件呢！批發公司的人説這些是名牌舊貨，在大商場裏賣不出去，來價可是很貴的，給我這個價錢沒錢賺，只是想把舊貨出清而已！我看着掛着的 polo 衫心裏發愁，心想：這次進的貨可能將前幾天賺來的錢都要賠出去了！

正在發愁的時候，四師傅出現了，他説：「你還只是在這裏擺攤一星期多，就以為自己甚麼技巧都學會了嗎？你要學的還有很多呢！看看師父的技倆吧！」

這時，有一個阿伯經過，慣性地伸手揉了揉 polo 衫的布料就走開了。四師傅走近對阿伯説：「這位先生真有眼光！這不是普通的 polo 衫，這是幾年前最流行的夢特嬌牌子呢！你看當時很多大咖演員也穿這種衣服，這位先生年青時一定是一個名演員的樣子，一定很受女生歡迎吧？」四師傅説時從口袋裏掏出一副黑眼鏡，把阿伯拉到全身鏡前，幫他戴上眼鏡，再把 polo 恤拼在他身上，説：「你看，這活生生就是秦祥林年輕時的模樣！」四師傅誇張的語氣和表情，吸引了幾個阿嬤、阿伯圍過來看，那位阿伯就愜意地笑着付了千多元買了兩件polo衫，然後四師傅說：「這種夢特嬌牌子的，從前賣千多元，現在只賣七九九，你們還不快搶！」

就是這樣，那天的polo衫幾乎賣完了，四師傅拯救了我們這小攤，不然我要把阿嬤的本錢都賠出去了！

收攤時，我問四師傅：「我看這polo衫的質料不怎麼樣，這真是名牌子的大公司貨嗎？」

「傻小子，有時候賣衣服就是要說點謊，說點故事，阿伯阿嬤就是喜歡懷舊，就是喜歡聽漂亮話，你就多跟他們說，而且你這樣好看的小伙子，就像他們的孫子，跟他們說幾句好聽的話，美言幾句，他們就很大機會跟你買了。」

「但是騙人到底是不好，而且那是街坊阿嬤、阿伯的錢……」

「就算你不騙他們，也有其他人騙他們，而且這不是之前的洗衣球那一類買回去沒用的東西，衣服買回去，想起你說了的幾句讚美、奉承的話，他們覺得自己穿得漂亮，人一有信心，穿出去就精神奕奕，就覺得衣服美美的吧！這又怎能說是欺騙呢？」

我到底是心裏不安，我拿了幾件polo衫回家研究，看上面的商品標籤，上網查這種衣服的物料，發現其實這種衣服的質量不怎麼樣，其實不值這個價錢。看了這些資料之後，我又查看之前賣的風衣、休閒褲所用的物料，我想：雖然我不知道認識這些知識對賣衣服有沒有用，但是太便宜的物料賣太高的價錢，始終令我心裏不安。

在菜市場可以看到形形色色的人，聽到很多攤子的故事，也聽到一些阿嬤是老公愛賭欠了賭債，才放下身段來菜市場賣東西，也有很多已經七十、八十歲的阿嬤、阿伯在賣自己種的菜，以賺取微薄的金錢，在菜市場裏真的看到人生百態。

我們的攤子旁邊是一個駕着殘疾人士的機車來擺攤賣芭樂的中年人，雖然他是殘疾人，但是他每天都穿了印上攤子名稱的圍裙，戴上印着攤子名稱的鴨舌帽子，認認真真地在賣芭樂。賣的芭樂有不同品種，切成大小相若一塊一塊，去了核，整整齊齊地裝在盒子裏賣。他的攤子上還展示了一塊牌子，上面寫明芭樂的營養價值和好處。客人購買芭樂時，他會不厭其煩的説明每一種芭樂的產地和不同品種的不同口味。

有一次，我口渴去買芭樂，隨口跟他説：「其實你不用説明得那麼詳細，那些人也會買的。」

「為甚麼？因為他們會可憐我是殘疾人，因此來買嗎？我不想他們因為可憐我才買，我希望他們是因為我賣的芭樂好吃有益，因為我的專業、對產品的認識、有敬業樂業的態度，他們才來光顧。」他一臉認真地説。

聽了他的話，我好像受到當頭棒喝，我告訴自己要好好思考他的話。

幾天之後，我開車到批發公司拿貨，開上公路時，因為剛下完雨，路面濕滑，煞車不及撞上前面的車，除了給那車主痛罵一頓之外，還要等警察來處理，之後我的機車被拖去修車廠，在一切處理好之後，已經八點半了。回到菜市場，那賣洗衣球的攤子，竟然開在我的攤子前面，我請他把貨品挪開，那檔主竟說：「我以為你今天不開攤做生意了，所以才佔了你的地方，但是沒辦法了，你看客人這麼多，你就晚一點才開賣吧！我可以給你一千幾百元當租金的。」

「不可以！你們在我的攤子前面賣東西，客人會以為售貨的是我們的攤子，客人知道你們賣假貨的話，會損害我們的商譽！顧客會以為我們跟你們是一夥一起騙人的！」我突然冒起莫名的憤怒。

「你說甚麼賣假貨？你這只有丁點大的破攤子還講甚麼商譽？我是給臉四師傅，才說要給你租金的！你的攤子前面又不是屬於你的，我就是喜歡在這裏擺賣又怎樣？」他竟惡狠狠地對我說。

「你這是強詞奪理！怎能將貨品放在別人的攤子前面賣！請你馬上挪開！」我據理力爭。

正在買洗衣球的顧客聽到爭執的聲音，都看到這邊來。那個愛做秀的演員檔主發急了，竟播起拳頭朝我的臉揮過來。

這時，卻有一輛殘疾人騎的機車擋在我的前面，那是賣芭樂的殘障大哥。

「你這樣蠻不講理不行，我們這裏擺攤的都是要交租的，都是已經在這裏擺攤好幾年了，你要在別人的攤子前賣東西是不行的！」芭樂大哥説。

「你這個殘廢、跛子、病不死的，生意不好做就去做乞丐吧！芭樂賣不好就滾去宮廟門前行乞賺幾個錢！你膽敢在我面前做架兩，朝我大小聲？」他播起拳頭又想朝芭樂大哥的臉門打去。

芭樂大哥抓着他的手，但力氣沒他大，幸而旁邊的幾個攤主聞聲跑過來幫忙。

「就是你們這幾個害群之馬，在這裏做秀騙顧客的錢，讓我們這菜市場的名聲給你們敗了！你們還想打人，我們不會讓你們這些敗類橫行霸道的！」一個檔主阿伯説。然後圍觀的人也群情洶湧，圍着賣洗衣球的攤子叫嚷。

他們沒辦法，只好把攤子移開，就在他們執拾貨物時，幾個警察走近，對他們説：「有幾位阿嬤、阿伯到警署報案，説你們賣假貨騙人，請你執拾好貨品，跟我們回警署解釋！」

就這樣，賣洗衣球的幾個人被警察帶走了，攤子的阿嬤、阿伯都在議論紛紛。

芭樂大哥對我説：「賣假貨騙人還是不行的，你才剛剛學擺攤，也可以將今天看到的引以為戒呢！教你擺攤的那位四師傅，他説的你也不可以盡信。我們這些擺攤賺街坊鄰里錢的，還是貨真價實最重要！你是大學生，學點紮實的，做點專業的事情最好吧！」

「我明白的，賣攤子也可以很專業，像你一樣，熟悉各種芭樂的產地、營養，還將芭樂切得漂漂亮亮，放得整整齊齊賣給人。」我説。

「對啊！連用來醮芭樂的甘草和檸檬汁，怎麼調校、怎樣使用也是很大的學問，你可別小看我！」芭樂大哥笑着説。

那天收攤之後，我到醫院探望婆婆，將今天發生的事告訴她。她感嘆説：「好險哦，若沒有阿德仔和其他攤子的阿嬷、阿伯幫忙，你可會挨幾拳揍呢！賣芭樂的阿德仔説得對，他在菜市場擺攤好幾年了，我看他都是誠誠實實做生意，是一個信得過的人，你多向他學習吧！至於阿四，還是我看他在菜市場賣毛巾的生意做得不好，養活不了妻兒，才把他介紹給批發公司的。可是他好高騖遠，總是想着要學甚麼營商銷售技巧，不肯老老實實擺攤子營生，他竟還要來教你！你不要太相信他的話，我們這些在菜市場擺攤的，是做街坊鄰里的生意，朝見口，晚見面，賣了不好的貨品給別人，怎麼好意思？舉頭三尺有神明，做生意賺錢也要問良心哦！我是本着良心做事，才可以在菜市場擺攤子十多二十年。其他攤主都是在這裏擺攤很久，可

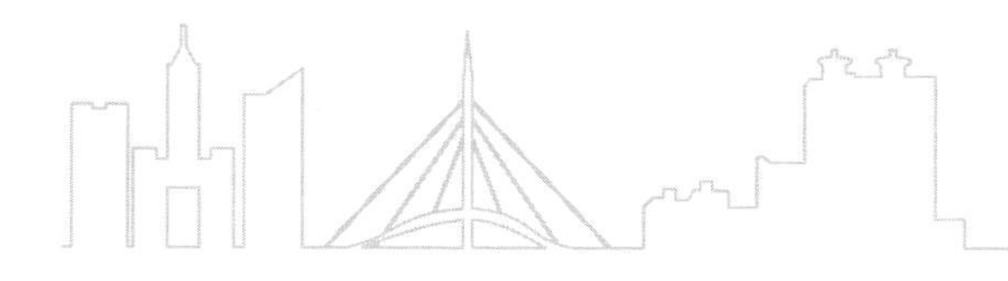

以說是老朋友了，常來光顧的老顧客，也就都成了朋友。要賺錢還容易，要賺取人的心可困難，你明白婆婆的話嗎？」

我聽了連連點頭，婆婆放心地摸着我的頭，開懷地笑了。

我回家後，從網上搜尋衣服物料的資料、車縫技巧等，還看了一些日本的潮流時裝資訊。由於日本人口老化嚴重，阿嬤、阿伯都開始注重生活質素、着重打扮，有一些日本時裝雜誌是在街頭拍攝潮流達人阿嬤、阿伯的打扮的。我想：賣衣服的時候，也可以推介這些打扮的技巧給阿嬤、阿伯。雖然我只在婆婆出院前幫她代擺攤一兩個月，但也希望儘量做好，我不希望來光顧的阿嬤、阿伯因為我是初出茅廬的小子，是像他們的孫子一樣的大學生，就同情我，幫我買衣服。我希望他們買到貨真價實的貨品，而且買得開心。希望他們買到品質好的衣服，外出前刻意打扮一下，開開心心的到處逛、交朋友，享受愉快的晚年生活。

幾天之後，四師傅再來我的攤子，他對我說：「賣洗衣球的那個被抓了，你要試試賣洗衣球嗎？公司可以用更便宜的批發價錢給你的。」

我說：「不用了，那些洗衣球根本不能把衣服洗乾淨。」

「那就算了，雖然他被抓了，可是他賣東西的技巧我還是可以教你的，這樣你才會賺得比較多。」

「不用了，四師傅，但是我有一個請求。」

「你有甚麼請求儘管說！」

「我想去批發公司親自挑衣服，想自己去選我認為貨真價實、價廉物美的衣服。」

「你這個年青人自己會挑嗎？還是公司把最暢銷的批發給你最好！」

「不用，我會自己慢慢學習挑選，我可以自己去挑嗎？」

「可以，你這年青人真有自己的一套，也許以後四師傅要反過來向你學習呢！」

在菜市場擺了兩個月攤子，婆婆終於出院了。她回到菜市場那天，附近攤子阿嬤拿着花歡迎她，有些帶了很多補養品給她補身。

旁邊攤子的阿伯還豎起拇指大讚：「你這個孫子賣的衣服價廉物美，而且衣物的料子如何、怎樣清洗、怎樣保養他都説得一清二楚，顧客買了衣服還買到知識。他還教阿伯、阿嬤們怎樣穿着打扮！你看，現在我們都打扮入時、衣着光鮮，每個人也變得精神奕奕、笑容滿面！」

阿嬤看着我，點了點頭，説：「沒錯，我有一個好孫子！」

我遞給婆婆剛才芭樂大哥給我的芭樂，説：「婆婆，芭樂好吃有益，醮了檸檬汁還有維生素 C 的益處！」

吃着醮了檸檬汁的芭樂，雖然味道有點酸，但是婆婆的臉上有像吃了蜜糖一般的甜蜜笑容。

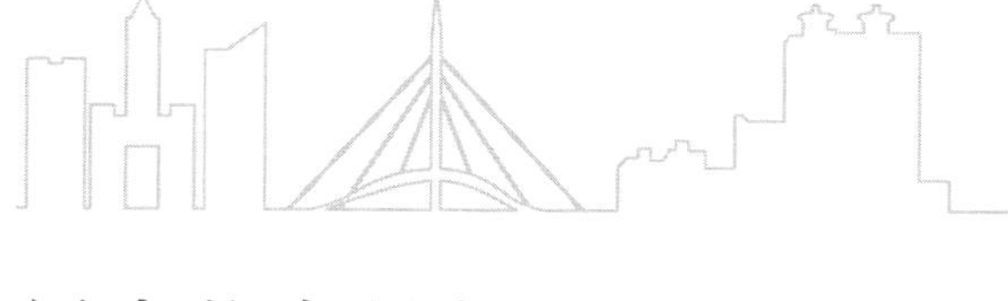

屏東的烏托邦

自從由香港移居高雄之後，我的朋友大多是來自在牧愛會參加國語班、台語班認識到的香港新移民同學。香港人初來台灣會被稱為新住民，有一些社福機構會辦一些活動，幫助新住民適應新環境。

經鄰居介紹我到牧愛會上國語班、台語班，班上超過一半是香港人。導師說：「以前來上課的多是嫁來台灣的越南新娘、東南亞新娘，但今年起多了很多香港人。」

上台語課、國語課很好玩，香港人通常分不清國語的第一聲和第四聲，奇怪的讀音常令導師笑彎了腰；我們也常問一些奇怪問題，令導師哭笑不得。

我在班上認識了一些來自越南的同學，其中三、四個是剛嫁來台灣的越南新娘，兩個挺着大肚子來上課的，上了一半課堂便生產去了，一個還生了雙胞胎。她們多是廚藝高手，常煮一些好吃的越南菜式帶來請同學吃，令我們口福不淺。

中心還會舉辦一些活動，我也參加過兩次，其中一次是越南新娘穿上傳統越南服飾行 catwalk，香港的同學也被臨時拉夫穿上禮服表演，我就在一旁當觀眾和幫忙做義工，這種活動讓人感到很有趣。

中心還有法律、消費者權益、親子教育等講座，更有台式料理一日課程等，對於初來乍到又沒工作的我來說，是解悶和認識新朋友的好去處。最大得着是認識了一班來自香港的朋友，大家互相幫助，過時過節一起開大食會，分享適應新環境心得。人在異鄉，有可以互相照應的朋友是很重要的。

其中有兩個同學是一對五十多歲的夫婦，丈夫叫國中，太太叫萬麗。可是，才剛跟他們熟絡了，國中就告訴同學他們下一期不再來上課了，因為他們要移居屏東。

原來他們在屏東買了一塊千多坪大的土地，上面有一棟三層高的透天，每層有三、四十坪，我們聽了都很羨慕，紛紛問他在屏東的哪裏。

他説：「在潮州，離潮州火車站也很近，而且有公車可以到，但是當然是駕機車、房車比較方便！」

他説那棟透天已經很舊了，可説是日久失修，他已經花了半年時間請師傅翻修、裝潢，下個月就可以搬進去住了。那裏還有千多坪的耕地，是一個蕉園，種了很多蕉樹，以前是租給人種香蕉的，現在收回來，要找人清理，然後再想想種些甚麼。

同學們在為他們開心之餘，又有點擔心，因為那裏附近沒有超商、沒有超市，也沒有銀行，更沒有醫院，國中和萬麗都已經五十多歲了，之前聽聞國中的血糖很高，萬一他們身體有甚麼狀況，在那裏可説是叫天不應，叫地不聞的。

最令我們擔心的是他們的國語發音。雖然他們已在這裏學了三期共九個月的國語，但是國語的發音還是不怎麼樣。面對面對話加上手舞足蹈，可能會猜到他們說甚麼，可是，通過電話就不一定聽到他們說甚麼了，他們一旦要打電話報警、要召救傷車的話怎麼辦呢？

這時同學們才記起萬麗不久前問過我們「家裏有賊」的「賊」字怎麼唸，當時以為她只是一時好奇，現在才知道她該是擔心如果家裏有賊光顧，她要打電話報警的話，如果發不準那個「賊」字的發音，對方一定會聽不明白，那就很麻煩了！

家外有千多坪的蕉園，雖然說起來很令人羨慕，可是要打理起來真是困難重重。單是那三層高近百坪大的透天，要打理清潔已經很難，萬麗因此兩次弄傷了腰，要看中醫針灸，還要去復健呢！

只是瞎擔心也沒有甚麼用，於是我們十個同學就相約去國中屏東的家，看看有甚麼可以幫忙的。他們的家距離潮州火車站不遠，潮州火車站附近有很多吃的，他帶我們去吃豬腳、麻糬和紅豆餅。

之後，我們去參觀他的家，那真是很大的地方，三層的透天花了兩百多萬元（約港幣五十萬元）去翻修，雖然不可說是裝潢美輪美奐，但是應該可以住得很舒適的。他們重修了化糞池，又花了二十餘萬元重置食用水過濾的設備。他們之前在 COSTCO 買了一些家具，我們就幫忙拆開和安裝。他們對電子設備的用法不是很熟悉，較年青的同學就幫忙調校電視接收和幫他們裝一些手機的應用程式。

他們的雜物房裏放滿鋪地板剩下的地磚，國中一個人搬不動、整理不了，我們十人中有五個是男生，就幫他把重甸甸的地磚一層層疊高放好。國中和萬麗十分感謝我們幫忙，那晚上就請了我們在他家中吃一頓豐盛的晚餐。

不久之後，聽聞國中參加了一些耕種和修理耕種用具的課程，他真的要在他家那蕉園自己動手種點甚麼了！有些時候，當牧愛會有活動時，萬麗也會來參加，看到她不是腰上裹上腰封，就是手上縛着繃帶，因為國中忙於農務，她一個人清潔打理近百坪的家居，真的很勞累、很辛苦，而且很容易受傷的。

國中說：「如果不是有好鄰居幫忙，我們一定難以適應那裏的生活。我們的蕉林旁邊有一大塊田是種鳳梨的，我苦於找不到人清理蕉園，想不到鄰居自動請纓幫忙。他們有務農的經驗，花了一星期就把我的蕉林清理完了，用大卡車將那些清理下來的樹木運走。還有毗鄰的一家告訴我這些鄉村地方一定要養狗，如果沒有養狗的話，萬一有賊人光顧就糟糕了！所以在他們家的母狗產下小狗之後，就送了兩隻給我們。」

之後，我們還去了一次國中的家，因為他們要回香港一個月，所以我們輪流幫他們看顧家裏。我們到國中的家時，看到那兩隻小狗已經長得很強壯了。他們家後面蕉園的蕉樹都被砍掉了大半，只剩下幾棵。我們在餵了小狗、打開窗通通氣之後，就到蕉園斬了幾束香蕉帶回家吃。離開前打電話給國中和他視像通話，他連連感激我們幫忙，還請我們有空就再到他們家玩，說住上幾天度假也可以。

最近有同學慶祝生日，我們約出來聚餐，同學問國中有沒有後悔搬到屏東，國中回答說：「從事農務一直是我的夢想，在香港寸金尺土，哪能有錢買一幢三層高的透天呢？當時我們一家五口就只住在十多坪的家裏。現在兩個人可以住在近百坪的三層高透天，還有千多坪的農地可以耕種，從前真的做夢也沒有做到過。我自小便喜歡種些甚麼，之前香港的家連陽台也沒有，在窗邊種些小植物，也因為採光不足而生長得不好。來到這裏，可以滿足童年希望成為農夫的夢想，真是最大的幸運！」

萬麗卻暗嘆：「可是我們都年紀大了，有時會力不從心……」

國中卻豪言壯語：「特朗普和拜登都已經七、八十歲了，還可以做美國總統，我才五十多歲罷了，怎麼不能做自己想做的？甚麼都說年紀大不做的話，就真的甚麼也做不了了！想做的話就要立刻開始做，沒有不能達成的夢想，雖然過程中會遇到很多困難，但是，有朋友幫忙而我們又肯學習新知識的話，就可以解決問題。我去學習耕種和自己修理耕種工具，感到很有趣呢！學到很多知識，心裏覺得很充實，雖然很辛苦、很疲累，老骨頭也常隱隱作痛，但是得到的滿足，是用甚麼也換不到的！」

看到他臉上滿足的微笑，我們都祝福他。

偉光跟我說暑假的時候，他會再和家人一起來高雄玩，我聽了開心不已，更是熱切期待。因為疫情，已經三年沒有見過他，猶記得三年前，他和太太和兩個兒子來高雄旅行，由在高雄定居了一年多的我帶他們到處遊玩。我和偉光已有多年沒見面，更加沒見過他的兒子，想不到他的兩個兒子已經一個唸高中、一個要升讀大學了！

來高雄之前，他請我幫他們買口罩，因為那時在香港根本買不到口罩，跑遍了高雄的藥店，還跑到屏東去，很辛苦才為他買了幾盒。之後又為他訂酒店，因為那時是農曆新年，訂酒店很難，而且房價比平時高好幾倍，只好託一個做導遊的朋友幫他訂到 F 酒店。那間酒店離新樂街夜市很近，新年的時候，鹽埕區的新樂街有一連幾天很熱鬧的夜市，對遊客來說是很吸引的一個行程呢！住在那間酒店去夜市逛逛就很方便了。

行程的第一天，他們先來我家坐坐，在我家附近的阿寶早午餐店吃早餐。他們很喜歡吃那裏的蘿蔔糕、漢堡包、法式吐司、芝士蛋餅和珍珠奶茶，吃的時候，大家都連連稱讚。早餐之後，我帶他們到舊崛江市場、新崛江商場逛街，又到駁二的著名景點，之後去夢時代、大魯閣，兩個孩子都玩得不亦樂乎，偉光和太太也滿足了購物的願望。

第二天，我又帶他們去科工館，兩個男孩都被那裏的展覽吸引，想不到偉光的太太還在裏面的小賣部買到一些口罩呢！在那裏消磨了大半天，晚上他們到了新樂街夜市。這幾天農曆新年假期，這裏可熱鬧呢！兩個孩子吃晚飯的時候也不願多吃，就留待逛夜市的時候盡情的吃炸雞排、煎牛排、油鴨飯、棺材板、大腸包小腸……

第三天是他們自由活動，然後第四天，我們到了屏東，吃了屏東著名的豬腳、紅豆餅，大快朵頤。夜晚還參觀了屏東燈會，兩岸的花燈令人目不暇給，雖然只是匆匆兩小時的走馬看花，已經令他們對屏東留下良好的印象。

記得之前偉光曾說退休後想來屏東買一片農地耕種，在這裏享受退休生活，可是，後來因為台灣的移民法令變得嚴苛，他的太太又有點擔憂，害怕大陸會發動戰爭，他想移居台灣在屏東買地務農的事就不了了之了。這次他們一家來到屏東，我看到偉光的眼中還是透露出一點點希望的光芒，離開時更有一點點不捨之情，我想移居屏東享受退休生活的念頭，在他的腦海裏，還是佔有一個位置的。

因為新冠肺炎疫情的影響，三年裏香港人也不能來台灣旅遊，又因為我沒有打疫苗，也不能回香港去。整整三年多，我和偉光一家沒有見面。在香港開放不用打疫苗也能回去之後，我就回到香港，相約他們喝茶。喝完茶之後，偉光的太太着他先回家，她和我在咖啡室坐下來聊天。

沒想到她告訴我的是一個不好的消息。偉光在退休之後，心情一直鬱鬱寡歡，還害起情緒病來。面對退休生活，他感到很難適應，從前他是中學教師，每天忙過不了，為學生的事情勞勞碌碌、營營役役。現在退休了，變得很閒，卻害起心理病來，甚麼也憂心，卻又做甚麼也提不起勁。他的太太說他的病情令人憂心，看了心理醫生、吃藥兩三年了也沒有甚麼起色。他平時很善忘，做事提不起勁，晚上常做惡夢，吃了藥之後又昏昏沉沉，從早到晚都想睡覺……

我聽了偉光的情況感到十分憂心，我可以為他做些甚麼呢？擔憂加上無奈，令我沉湎於回憶之中，回憶漸漸回到年青時大家是好朋友的友情歲月。

已經記不起那時偉光和同學為甚麼要開一間書店。那是我們讀大學的最後一年，五個男孩子，每人用數萬元合資開一間書店。至於他們是為甚麼開這間書店的呢？肯定不是為了興趣吧！印象中，他們雖然都是唸中文系，但當中沒有一個是真正的愛書人。

也許是因為你一句我一句閒聊，就起了這個念頭來。也許是因為那時我們常要回大陸買簡體字的便宜書，那是老師們指定要買的參考書，我們嫌香港書店賣得太貴，幾本書就耗掉我們做兩天兼職所賺的錢，於是就拉隊到廣州的書店買便宜書，那裏的書比香港的便宜好幾倍。也許因為這幾個男孩子看到有利可圖，就想到要開一間書店，五個人輪流到廣州買便宜書回香港，然後定價高三、四倍價錢轉賣出去。那時確實有許多書店是這樣經營的。

還有一個原因，也許是他們其中一個，到旺角的書店買書時，跟書店老闆聊起來，知道他要把書店頂讓，便想要將書店接手經營。

暫且不再追究他們開這間書店的原因，總之，在大學畢業前幾個月，我的幾個同班男同學合資開了一間小書店。

他們知道我愛書，籌組書店班底的時候，其中兩位發起人第一時間便問我要不要入股，由於我不像他們一般可以問家人借錢，也對他們開書店沒信心，所以婉拒了。但為了表示支持他們，我也有出錢出力，我把自己僅有的萬多元積蓄借給他們，還答應有空時為他們看店。

亂哄哄的搞一番，書店快開張了，但誰來看店呢？他們可沒錢僱員工呀！他們可想好了，因為書店開張不到一個月我們就畢業了，他們商定由其中一人全職看店，而我呢？因為我的第一份工作是房屋仲介，上班的時間比較自由，一有空就來幫忙。負責看店的是偉光，他是股東中和我感情較要好的的一個。

這間書店在一幢小公寓的三樓，一梯一伙，共三層三伙，每層約三十坪大。第一層是貨倉，第二層是工廠，都已經荒廢了，第三層就是書店。

可以說，平常整幢樓只有這小書店裏有人，另外兩層彷彿是死寂的。這幢小公寓還有樓頂，樓頂除了水箱、天線之外，還有一個用磚砌成的四坪小房間，充當書店的貨倉。

由於剛開始沒有多少貨物要存放，書店的股東們把小房間清理好，讓偉光在工作到太晚時可以留宿。

偉光的家距離書店很遠，每逢點貨晚了，或是大清早要收貨，他就會留下來。但是，到了後來，住在這小房間裏的竟是我。

在唸大學時，家裏只有我和姐姐，後來姐結婚了，我不好意思跟她一塊兒住，就和幾個同學在學校附近租屋。後來畢業了，同學都搬回家去，剩下我一個人無家可回。偉光知道我的情況，就向股東提議：「不如讓她搬到我們樓頂的小房間住吧！」

但是，除了他以外，其他人都不贊成，他們七嘴八舌地說：「一個女孩子住在這裏，危險啊！偉光又不是常留在這裏。」

「如果偉光留下來就更危險，孤男寡女呀！」

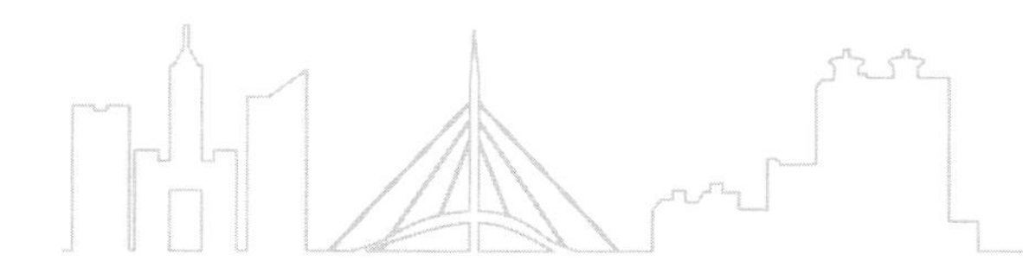

「對呀！而且燈油火蠟、水電費也會用多了呀！」

「不好意思要她交租，但不收租我們又不高興⋯⋯」

他們你一句我一句的，令我打消了搬去住的念頭。唯有偉光力排眾議，他説：「她借了萬多元給我們開書店，也算是一個小股東呀！而且她一有空就來書店幫忙，比你們任何一個都要勤力，你們一忙就找她來做替工，現在她無家可歸，外面的租金那麼貴，她剛出來工作薪金低負擔不來，你們卻不肯伸出援手，這怎麼説得過去！反正那房間大多時間都是空着的，而且她一個女孩子可以用多少電多少水呀？」

最後，其他股東也勉強贊成了，我就搬進了書店樓頂的小房間。

頭幾天，偉光知道我怕黑怕鬼，就留下在下面書店打地鋪，叫我怕黑時就下來找他聊天。他又帶我去買日用品，我們的關係就像親人、兄妹似的。

就算偉光沒留下來，他也會陪我吃宵夜，然後才送我回去，好叫我不覺得冷清。當然，我知道自己總要學會獨自一人面對生活。往後的日子，我都是一個人留在書店樓頂的小房間內。

我把房門重重鎖上，又亮着房內的兩盞燈來睡覺，頭幾個晚上都睡不着，怕賊又怕鬼，常常是睜大眼睛等天亮。後來漸漸習慣了，也能睡了，但整幢樓房只有我一個人，還是有點害怕的。有時候遇上颱風，行雷閃電，又或隱約聽到樓下傳來怪聲，我就不敢睡，這時候我就會到下面書店，亮起所有燈，拿來幾本書，邊踱步邊大聲唸誦來壯壯膽。

因此，那時候竟因為怕鬼怕黑而唸熟了許多書。在那裏住了幾個月後，因為發了薪金而有了點積蓄，我就搬走了。

然而，不能忘記那怕黑怕鬼深夜以書為伴的歲月，不能忘記偉光和我共患難的友情。也因此，當我獨自看書或逛書店的時候，常會回憶起在書店與書為伴的歲月，還有那段溫馨的友情歲月。

很快到了暑假的七月，這次再見偉光，發現他的背已經有點佝僂，而且剛剛說的事情他轉過頭便會記不起來。聽他的太太說，他情緒低落和做惡夢的情況一直沒太大改善。我唯有希望離開令身心飽受煎熬的地方，來到這裏旅遊，他的心情會舒坦一些，對他的病情會有幫助吧！

因為高雄的景點他們大部分已去過，於是我帶他們去了一些新景點之後，就帶他們到台南的奇美博物館逛了一天。在旅程的第四天，我跟偉光說：「我帶你們去一個神秘景點！」他們一家四口都十分好奇，說會熱切期待。

乘火車到屏東的時候，他們七嘴八舌地問：「我們不是已經來過屏東了嗎？」「屏東有甚麼新景點嗎？抑或會有甚麼燈會或者特別活動？」我說：「到了你們就知道！」

我們在潮州下車，然後乘計程車到了國中的家。國中和萬麗已經站在門口迎接我們了，還有他們的兩隻小黑狗。偉光的兩個兒子都很喜歡小狗，就跑過去和小狗玩。國中和萬麗帶偉光和太太參觀他們的三層透天。

偉光在香港本來也買過一幢三層高的村屋，一共有兩千多呎，裏面收集了偉光許多喜愛的東西，有懷舊的、有關於電影的，還有很多石雕，都是他的心愛和辛苦蒐集回來的藝術品，但是，因為太太看準樓價會下跌，説服他將村屋賣掉，一家暫時租住一間只有二十坪大的房子，等樓價下跌再買回。

看到國中這三層高的透天，偉光驚喜不已，他說：「這裏跟我從前住的村屋十分相似，而且更大！你看，這麼大的陽台，在香港根本不可能有，我們可以在這裏邊欣賞日出邊吃早餐，邊欣賞日落邊喝下午茶，太好了！這裏就是我的夢想之家！」

然後，國中又帶他們參觀蕉園，雖說是蕉園，但現在已經不是了，國中種了鳳梨、地瓜、蕃茄等農作物，他們還種了玫瑰、康乃馨、太陽花，這裏已經儼然是一個小農場了！

偉光一家在農場裏找到自己喜歡的花和喜歡吃的水果，令他們更驚喜的，是國中的小農場裏竟養了兩隻小羊！

「這裏竟然有兩隻小羊！」偉光的大兒子大叫。

「在這裏養羊沒問題嗎？」偉光的太太問。

「小狗和小羊相處得好嗎？」偉光的小兒子問。

「想不到在這裏竟然可以開小農場！」偉光説。

「你們只有兩個人，這麼繁重的農務工作應付得來嗎？」偉光的太太問。

「起初是應付不來的，但是每個星期也有不同的朋友來幫忙，晚上我們還開派對呢！」萬麗説。

「鄰家和這裏相隔這麼遠，在這裏開派對也不怕吵着鄰居。我們從前在村屋開派對，常常被緊鄰的鄰居投訴呢！」偉光的大兒子説。

他們吃水果、和小羊、小狗玩、幫忙灌溉……玩了一整天之後，大家都有點累了，我們就在前院辦起燒烤晚會來。

「聽説你從前也曾經想在屏東買農地種點甚麼的，是嗎？」國中問偉光。

「不錯是也曾這樣想，但是這也不容易吧？首先害怕在台灣申請定居會有困難，其次是人生路不熟，我這把年紀才開始做這些從前從來沒做過的，應該已經力不從心了！而且我太太害怕政局動盪、害怕打仗，總之是有很多擔心的事情呢！」

「有甚麼好擔心呢？我們都到了這年紀了，誰沒經歷過甚麼困難？誰沒經歷過大風浪、大折騰？你要對自己解決困難的能力有信心，天災人禍、政治、經濟的問題不是時常發生嗎？也不是我們能夠控制的！我們能夠做的，只是做好自己能做的事、想做的事。我們都才五十多六十歲，如果我們有八、九十歲命，還有二、三十年呢！想做的不就可以現在開始嗎？」國中說。

「對，年青時只是為子女將來拼搏，為他們升讀甚麼學校、進甚麼補習班張羅；為生活營營役役，怎樣討好上司、怎樣才可以升職加薪、怎樣才可以保住工作……自己年青時的愛好、夢想全都拋諸腦後。現在，好不容易捱到退休了，是我們第二人生的開始，我們應該積極追求自己想做的、想要的！」萬麗說。

難得聽到萬麗也這樣說，我問她：「你從前不是不贊成在屏東買農地的嗎？現在怎麼竟贊成了 ？」

「從前不贊成，是因為我實在沒能力幫他做粗重的農務，但是後來有很多朋友幫忙，現在農地都開拓了，還種了很多花。種花是我從年輕時已經喜歡的，在這裏可以種我喜歡的花，而且，他忙於農活的時候，我還可以出去參加興趣班，發展自己的興趣。我現在有參加瑜伽班，還有學生時代已夢寐以求想學的彈古箏呢！」萬麗雀躍地說。

聽了國中和萬麗的話，偉光和太太也表現出羨慕的樣子。

「真的擔心適應不來的話，可以先嘗試一下哦！你們來我這個小農場學習耕種，看看自己是不是真的喜歡。我們這棟透天有三層共十個房間，你們可以住其中的兩、三個房間。你們住一兩個月是沒問題的，要試試嗎？」國中問偉光。

偉光和太太互相對望，像是在徵詢對方的意見，兩個兒子也躍躍欲試的。

偉光的大兒子說：「我們的暑假才剛開始，還有個多月的時間，我們可以留在這裏嗎？」

「對啊！這裏有我喜歡吃的肉燥飯、滷肉飯和豬腳，我和哥哥也喜歡和小羊、小狗玩啊！」偉光的小兒子說。

「至於耕種和灌溉的問題，我和弟弟年青力壯，一定可以幫上忙的。之前我想去澳洲的農場工作，打工換宿也是這樣的情況罷了！」偉光的大兒子說。

「爸爸，讓我們試試吧！」偉光的小兒子懇求。

這時，偉光的太太深情地望着偉光，她從偉光的雙眸中發現已經很久沒有放射出的光芒。偉光這些年來的表情都是奄奄悶悶的，不是渴睡就是做甚麼也提不起勁，這樣的光芒已經很久沒在他雙眸中出現了。

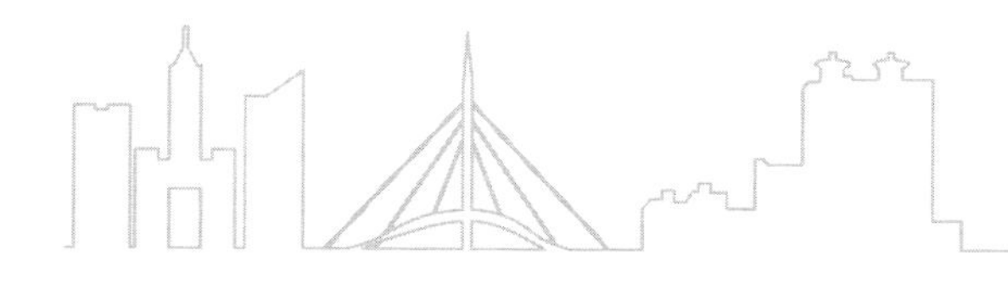

她伸出雙手來按着偉光的手，問：「你想試試嗎？」

偉光想了想，肯定地點頭，對國中說：「如果不太打擾你們的話，我們想嘗試一下，我們付房租和幫忙工作都沒問題的！」

國中和萬麗齊聲説：「我們當然十分歡迎！」

相信我此刻的表情一定是合不攏嘴、十分可笑。我的計劃成功了！在知道偉光一家要在暑假來高雄之後，我就和國中、萬麗説起偉光的事。國中起初也擔心偉光會三心兩意，未必會肯嘗試新事物，因為耕種是很辛苦、很累人的。經過多次解釋、周旋，國中和萬麗都同意了。我還請他們種一些偉光最喜歡的太陽花和他太太最喜歡的玫瑰花，而且拍拍胸口說：「他們全家吃的、用的、玩的費用全包在我身上！」

好朋友是兩肋插刀，是甘苦與共，患難相扶。回憶起年輕時偉光對我的照顧、幫助，現在應該是我作出回報的時候了。而且好朋友之間哪會計較誰幫忙誰呢？希望偉光在屏東潮州這個空氣清新、山明水秀的地方生活後，他的情緒和心理問題會得到改善，我暗自為他們一家祝禱。

我家紅豆餅

好友穎楠和我自高中畢業分別以後，有將近十年不見了，最近她的丈夫被遣派到高雄工作，她就乘五一假期之便，來屏東探訪我。

我和她一起去買萬巒豬腳之後，還一起買萬丹紅豆餅，讓她嚐嚐屏東的好味道。

屏東萬丹是台灣有名的紅豆產地，因萬丹土質肥沃、水源充足，種出來的紅豆顆粒飽滿，是萬丹著名的鄉土產業。

「説到萬丹大家就會想到紅豆餅，萬丹市區有幾間有名的紅豆餅攤，應該要找哪間買？」穎楠問。

「直接看哪攤前面排隊又長又多人，這樣買既安全又不怕雷！」我説。

這時，我們看到萬丹紅豆餅的店子旁邊有空位可以停車，看看價錢一個台幣二十元（約港幣五元），便決定在這間買。這間萬丹紅豆餅店是一家老店，就在萬丹國小對面。平日要下午一點半才開始營業，只賣到傍晚六點就關店。

店裏裹着不同餡料的紅豆餅正在製作中，餡料的量也剛好，有紅豆奶油、芋頭、奶油、紅豆和芝麻花生五種口味，還有較少見的珍珠奶茶口味。紅豆餅一個二十元、小盒十個二百元，大盒十五個三百元，很多人都是買一盒回家和家人分甘同味。

買了回到我的家裏坐下，享受着空調，穎楠和我呷一口茶，再嚐一口餡料豐富的紅豆餅，開始回憶起童年舊事來。

這時，穎楠才記起我的爸爸也曾是賣紅豆餅的。

「爸爸身體不好，已經退休多時了。」我説。

「你們家可是紅豆餅專家哦！可以跟我説説你們賣紅豆餅的故事嗎？」她問。

我陷進回憶裏，回想起爸爸賣紅豆餅的創業故事來。

自從爸爸帶着我移居台灣，他一直找不到工作，失業已快九個月了，鄰居勸他：「你是單親爸爸，去申請政府的經濟援助吧！現在打零工賺到的既辛苦又不夠餬口！」

爸爸堅信他可以找到工作，他總説：「把政府的經濟援助留給那些更有需要的人吧！」

經朋友介紹，他求職面試了十多次，可是，因為他已經四十多歲了，沒有人肯請他。有人勸他去創業，他説：「自己知自己事——連吃飯也快沒錢了，哪有本錢創業？」

他每天仍是往外跑，四出請朋友幫忙，又到餐廳、早午店、夜市等等，看有沒有招工廣告。可是，布鞋已穿破了兩雙，仍是徒勞無功，白費氣力。

實在沒法可想了，也許只有我輟學，不再升讀高中，出來找工作吧！可是，連高中也沒唸完，又有甚麼辦法找到工作呢？

在最絕望的時候，爸爸帶了一些雞蛋和麵粉回來，用肯定的語氣跟我說：「爸爸終於要創業了！」

「創業？哪來的本錢？」我滿腦狐疑。

「創業不一定要花大錢的，只花數百元也可以。因為鼎叔生病要住院幾個月，他將他的紅豆餅攤子和工具租給我，爸爸便可以創業了。鼎叔說讓我嘗試做做看，做得好的話，再自己在其他地方租攤子也可以。這樣，我就不用擔心花了大錢又做不好，會賠本了。鼎叔的太太會教我怎樣做紅豆餅，她會讓我在他們的攤子學習和好好鍛練，學會了才由我接手。這樣，鼎叔的太太也多點時間到醫院照顧鼎叔。要兼顧紅豆餅攤子的工作和到醫院照顧丈夫，她實在忙不過來，我接了他的攤子來做，可以說是互相幫忙呢！孩子，你看爸爸終於要創業了！」爸爸顯得躊躇滿志。

我對爸爸做紅豆餅的生意很有興趣，問他拿出雞蛋和麵粉來要做甚麼。

爸爸認真地把雞蛋逐一打破，邊對我說：「今天鼎叔的太太教了我怎樣做紅豆餅的麵糊，我回來試試自己做，好好練習，才不會給她看扁、給她添麻煩。」

爸爸調好了麵粉，大力地攪動。

「爸，你真的會做紅豆餅嗎？我也很喜歡吃紅豆餅喔！」

「我會用心學習的，一定會做出最好吃的紅豆餅，說不定比鼎叔做的還好吃呢！」

第二天，爸爸就精神煥發地出發去鼎叔的攤子學做紅豆餅。

鼎叔的紅豆餅攤子就在一間國中附近，在學生下課的時候有很多學生來買紅豆餅，接孩子放學和在菜市場買完菜的媽媽們，也很喜歡買紅豆餅回去給孩子吃。

因為爸爸的認真和努力，不到一個月，他已經可以獨自做和賣紅豆餅，不用鼎叔的太太幫忙了。他一天賣的紅豆餅不算多，通常賣出接近一百個，紅豆餅每個賣十五至二十元，扣除成本，每天可以賺約一千元，爸爸已經感到很滿足了。

如果那天生意好，一天可以賣出一百個紅豆餅以上，他就會帶我去夜市吃牛排慶祝。

爸爸為人安分、知足，他常說：「能夠自力更生、養活自己就該感謝上天了！」

顧客都只愛新鮮，爸爸初接手的時候生意不錯，但也許街坊和小朋友們吃多了吃膩了，又因為一街之隔的夜市也新開了一檔賣紅豆餅的攤子，爸爸的生意漸漸少了起來。

看到他臉上的笑容漸少，我也不懂安慰，只好勸他多找朋友聊天，希望他們可以開解他。

一晚，爸爸外出找朋友去了，他把一些賣剩的紅豆餅帶回家。我試吃了，那都是傳統的口味，裏面有紅豆、奶酥、巧克力、地瓜等，也許喜歡嘗新的中學生真的會膩了，轉而光顧新的紅豆餅檔攤。於是我上網看看其他地方的紅豆餅店家推出了甚麼新口味，我看到他們有賣綠茶、oreo、阿華田、珍珠奶茶口味的，於是我努力找出這些口味的紅豆餅的做法，拿來給爸爸參考。

爸爸起初是抗拒的，他說這些新口味只是些花巧的產品，不會受到歡迎的，但隨着生意都被夜市那紅豆餅攤子搶去了，他就嘗試使用我給他的食譜，每天晚上收了攤之後，就盡力去嘗試做出新口味。在他創出了新口味之後，會讓我去嘗試，我也拿一些回學校給同學品嚐。我還努力做出市場調查的樣子，請同學填問卷，最後選出了三、四款最受同學歡迎的，就叫爸爸在他的攤子裏推出。

想不到這些新口味大受歡迎，爸爸也更有經驗去創作其他新口味。他也像我一樣到網上去參考其他店子賣的紅豆餅的新

口味，隨着這些新口味的紅豆餅逐漸受到歡迎，甚至有一些媒體來訪問爸爸，飲食網頁的網紅也介紹他呢！

很快鼎叔出院了，爸爸又要另外找一些地方擺攤子。鼎叔介紹他認識一些在夜市擺攤的朋友，有些攤檔不是每天也開，有些一個星期只開三、四天，餘下的幾天就可以租給爸爸。

爸爸也在夜市賣起紅豆餅來，他還在政府的網頁上看看有沒有舉辦甚麼活動，例如美食節之類或有美食餐車聚集的，那些活動人流多，買吃的也很多。爸爸還請來一些工讀生幫他賣，這樣，除了夜市的攤子，他還可以巡迴到處去，賣更多紅豆餅，生意更好。

不得不佩服爸爸的積極和生意頭腦，之後，他又和熊貓等外送公司合作，又聘用了更多員工幫忙。他更積極開發新的口味，他説每個地方也有不同的著名甜品，例如金門的貢糖、屏東的麻糬、台中的牛扎糖、香港的菠蘿包、雞蛋仔等，他就將這些口味元素加進紅豆餅中，可以一解顧客們的鄉愁。之後，他還在臉書建造了「我家紅豆餅」的專頁呢！

就是這樣，爸爸開創的紅豆餅品牌——「我家紅豆餅」也成了一個有名的品牌，爸爸成了新口味紅豆餅專家，我們的生活也得到了改善。

那時候，我告訴自己：要學習爸爸的積極、堅毅、不放棄和追求創新、改變的精神！

「想不到紅豆餅中還可體現積極、堅毅、不放棄和追求創新、改變的精神！」聽完我說的故事，穎楠說。

「我認為紅豆餅中，還有着人生中的甜味、令人回味的好味道！」我說時把最後的一口紅豆餅吃完。

「我一會也要買一盒回去給家人品嚐，家中的小孩也該嚐嚐這種令人回味的好味道！」穎楠說。

安心と信頼の日立
明日も

日本篇

大阪高雄雙城記

方林的日記（1）

在日本買房子，只是出於偶然。

無聊的時候，我在房屋網看看房屋的行情，無意中按錯了國外房屋。一看，日本的一些舊房屋只售三、四百萬日元，即台幣八、九十萬（約港幣二十多萬）[4]便可以買到。

於是，按進去看，在福岡的一些大樓套房，大約七、八坪吧，都只是賣三、四百萬日元，可以買來收租喔！

上網看一些投資達人的錦囊，説最好買離捷運站十分鐘內步程、附近有超市、超商的，屋齡不要超過二十年。大約八、九十萬台幣的房子，竟可租到八、九千元台幣，那太好了！而且日本有租務保險的制度，屋主可以要求租客買保險，那麼就算他沒租交，保險公司也會代他交，這對屋主有保障，不怕遇到租霸沒租收。

於是我找了兩間台灣較大的日本房屋仲介去問，得到的回覆卻是：「我們只做一千萬日元，即兩百多萬台幣以上的房屋買賣，如果手頭上只有大約一百萬台幣，奉勸你放銀行做定存不更好嗎？」

4 港幣、台幣與日幣的詳細匯率對照，可參見附表一。

聽了這樣的回覆，實在有點憤怒，既然台灣的仲介不肯做，我就嘗試找香港的房屋仲介吧！想不到他們回覆三、四百萬日元，即二、三十萬港元的房子買賣他們也會做，而且服務態度還很好，給我提供了很多有用的資訊。

那位仲介先生說：他們不只做房屋買賣，還提供房屋租務管理的服務。如果我是買房子作投資、出租之用的，買了房子之後，他們還可以幫我登廣告招租，租出之後幫忙管理，然後把收到的租金匯到我的帳戶中，他們每月只收租金 5% 的管理費用。

這太好了，此刻，我實在感到那是最好的投資。但他也提醒我，日本的大樓都要繳管理費和房屋維修儲備金，大樓有電梯或房屋愈舊的，收費也愈貴，每月收到的四萬多日元租金裏，就要扣掉萬多元的費用。

這些誠實的忠告幾乎打消了我買日本房子的念頭，但之後他又告訴我，除了大樓的房子以外，日本常見的還有一種叫「一戶建」的房子，類似台灣的透天，即獨立屋。日本有一些建了四、五十年的木造一戶建便宜的也可以三百至五百萬日元買到，他請我放心，這些從前建造的一戶建的材料和做工也

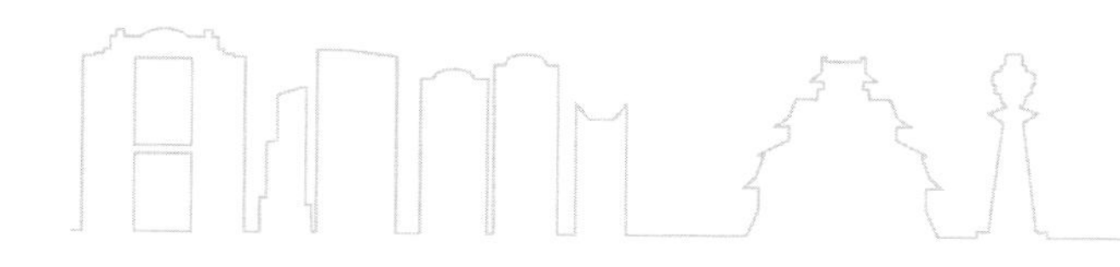

很好，該可以用上一百年！一戶建的土地和房子都是屋主自己的，所以需要自己整修，雖然不用付管理費和房屋維修儲備金，但房子有問題的話都是自己負責，那是要冒一定風險的！

房子和土地都是自己的獨立屋，那真是我夢寐以求的房子，一百萬元台幣就可以買一間獨立屋，有自己的土地，那真是太划算了！

於是，我請那位仲介為我介紹房子。他說：預算只有大約四百萬日元的話，當然不能買到東京那些區域，大阪、奈良那邊倒是可以的。但大阪近心齋橋、難波那些旺區還是不會買得到，所以他建議買在堺市的一戶建，他說那裏雖然離市中心不近，但乘捷運也只是大約三十分鐘的距離，他還說那邊幾年後會建賭場，升值潛力大。

志美的日記（1）

在打算定居台灣之後，我就登入台灣的591房屋網，一有空便瀏覽出售房屋的照片和資料。之後，我知道在台灣通信用LINE方便一些，便加入了台灣常用的通訊軟件LINE。在591找到適合的房屋之後，就通過LINE向當地的仲介詢問房屋的情況。

用LINE聊了幾遍之後，我和一名姓王的女仲介分外投契。我找了一些感興趣的房子的資料給她，便以兩百五十萬元

台幣買了一間有三間房、兩個大廳、兩個陽台共三十坪大的舊公寓。

2022 年 8 月 1 日，我拖着三大個行李箱，由高雄小港機場乘地鐵到美麗島站，王小姐還駕車來接我。當王小姐拿鑰匙打開了房子的大門時，哇！和我想像的一模一樣，感覺太寬敞、舒適了！

住下來之後，我卻發覺一切並不如想像中的愜意。鼓山一路這邊是舊社區，是政府興建給軍人的家眷住的，居民教育水平普遍不高。鄰居愛養貓狗、養鳥，但都不會管束，由是鳥兒和狗、貓的叫聲常造成騷擾，有時貓狗的叫聲至深夜三、四時不止。除此之外，還有對面鄰居每早七時聽佛經，下午聽懷舊台語歌，聲量開很大，揚聲器放在窗邊卻又從不關窗。最致命的騷擾是住樓上四樓愛打麻將的大嬸，每逢入夜總愛開大門呼朋引類，然後是高跟鞋、厚底鞋踏步聲、拉桌椅聲、麻將牌落地聲，同樣是聲聲入耳、響聞遐邇。

方林的日記（2）

我最後買了位於大阪貝塚的一戶建，從關西國際機場乘捷運只需十多分鐘，而從捷運站到家裏只需步行約十分鐘，附近有超級市場、醫院、超商，還有一百元店，生活機能可說十分方便。

這一戶建是 1965 年建成的，已經有五十多年歷史，雖然仲介拍來的相片看到屋裏面的情況不算糟，但是也需要裏裏外外整理一番，才可以入住的。我最關心的是房子有沒有漏水，還有這一戶建全是用木建成的，會不會有白蟻蛀蝕的問題？這都是我最擔心的。

我希望一到大阪就可以舒舒服服的住下來，所以希望在我去之前就可以把房子整理好。幫我買房子的仲介介紹了一個從香港去的裝潢公司東主給我，那東主很熱心地到房子視察和檢查一番，然後告訴我房子是有白蟻的問題，但是情況不算嚴重，稍後他會將整理全幢房子的報價給我。

他給我報價包括：更換牆紙、榻榻米、衞浴設備、廚房設備、全屋電燈、管線等，還有添加四部分離式冷氣機和新式的電熱水器。因為他也是來自香港，跟他比較容易溝通，唯有信任他。可是看到他的報價單後，我嚇得幾乎整個人動彈不得，他給我報的價錢，竟是跟我買這房子的價錢一樣！我花了近四百萬日元買這房子，還要再加四百萬去整理嗎？我哪有這麼多錢？

我實在沒有能力，也不想付這麼多錢去裝潢，於是狠下心來拒絕了他，對勞煩了他多番致歉。我想到仲介公司和裝潢公司都說過房子有白蟻的問題，這是最急需解決的，於是在網上找了很多防蟲服務公司，終於找了一間口碑最好的公司，在防治白蟻方面有三十年經驗，那應該可信吧！我用 LINE 跟他們

聯絡，雖然不懂日語，但用Google Translate來翻譯也很方便。他們隔幾天就去視察一番，然後告訴我白蟻蛀蝕的情況不算嚴重，但是如果不處理，日後就會變得嚴重了。他報給我的價錢很合理，比之前那間裝潢公司的報價便宜了一半。

於是我請他們幫忙處理白蟻，不消一星期，已經處理好了，他們還會保固五年，五年內每年會來檢查房子一次。處理白蟻的問題之後，我安心多了，然後繼續找裝潢公司。我想到處理白蟻的公司會不會也認識換榻榻米的公司呢？在向他們查詢之後，他們介紹了一間相熟的榻榻米公司給我。我上網看了關於那間公司的網頁，網頁上有很多他們替人裝潢家居的相片，便請他們報價。他們換壁紙和榻榻米的價格很合理，只是三十多萬日元，於是我就請他們幫忙。

我又在臉書上找到一些售賣中古家電的公司，他們介紹了一個從事電器、電力安裝的朋友給我報價。那人給我報了換全屋管線、電燈、安裝兩部冷氣和換熱水器的價錢，合共是三十多萬日元。這樣一來，換電力設備、壁紙、榻榻米和清除白蟻的費用，全部加起來也不用一百萬，只是之前那間裝潢公司的四分一價錢。自己上網找公司裝潢雖然有點冒險，雖然許多問題也要自己處理，但我寧願採用這種方式，省錢得來也有點樂趣和成功感，而且學習到很多新知識。

志美的日記（2）

住下來兩個月之後，雖然四樓和二樓的鄰居態度不佳，但是我發現住在隔壁的母女和住在五樓的麗莎都是好鄰居。

由於不熟悉台灣處理垃圾的規則，來到高雄之後不久，家中的垃圾已堆積如山。鄰居阿嬤告訴我垃圾車每晚七點來，於是在晚上我左手拿着一大包保麗龍，右手拿着家居垃圾等垃圾車。垃圾車來了，我將一大包保麗龍扔到垃圾車上，誰知車上的阿嬤大叫：「環保垃圾不可以扔進去，拿回去吧！」

我只得無奈地掩着鼻子把保麗龍拿回去，心中卻冒起莫名的憤怒，我半發泄地將家居垃圾大力扔進垃圾車。之後，在樓梯上猛然醒起：我剛才丟垃圾時帶出去的手機呢？

我慌了！在家裏到處找了幾分鐘，才想到可能是在丟垃圾時失掉的，於是跑出門外，碰巧遇上丟垃圾回來的麗莎。她聽了我的話之後分析說：「一定是你扔垃圾時把手上的手機一併扔出去了！垃圾車會在這邊停留十分鐘，現在去找也許趕得及的！」

我和她馬上拔足狂奔，幸好垃圾車還沒走，麗莎馬上問阿嬤有沒有看見手機，阿嬤一臉疑問：「垃圾車裏怎會有手機？」沒辦法了，我狠下心要在垃圾裏找！

垃圾一扔進垃圾車就馬上會被機器捲進去壓碎，當我絕望地轉身離開時，卻聽到麗莎大叫：「手機！」回頭一看，她

指着垃圾車車斗底，因為手機又小又扁，奇蹟地沒被捲進去。阿嬤用夾子幫忙把手機夾上來，手機雖然髒，但我還是感到慶幸！初到貴境，沒有了手機怎麼辦？手機裏的聯絡資料沒有了就是天大的麻煩了！

除了麗莎，住在隔壁的母女倆也是好鄰居。隔壁住的是一對母女，女兒年約三、四十，母親年約六、七十。因為一次小意外，令我和這對鄰居母女的關係拉近了很多。

我在來高雄的第三個星期，就買了一部腳踏車代步。有一次，差點被一輛急速轉彎的機車撞到，我因竭力閃避而連人帶車摔倒了，弄得遍體鱗傷。我步履蹣跚地推着腳踏車回家，然後一拐一拐地爬樓梯上三樓。鄰居的女兒剛好出門丟垃圾看到我，連忙上前幫忙，把我扶到家中為我搽藥油、包紮傷口。在往後的幾天，因為我的腳受了傷不能外出，鄰居的母親竟為我提供一日三餐。

沒想到鄰居的張阿嬤竟是隱世廚神， 她煮的台灣古早味食品都比外面小店的好吃，我算是因禍得福了。麗莎知道我受傷後，常讓我坐在她的機車後座載我去覆診。因為這次小意外，讓我嘗到了鄰居之間的互助及高雄人濃濃的人情味。

方林的日記（3）

我請換榻榻米的公司和裝置電力的公司負責人互相溝通，安排誰先動工和怎樣配合，他們商量過後，決定是先換全屋的管線、安裝電燈，之後等換了榻榻米、貼了壁紙之後，再安裝冷氣。誰料在裝潢之前，榻榻米公司的負責人告訴我，因為大阪這幾天下大雨，他發現屋頂有點漏水的情況，在這情況之下不適宜貼壁紙和換榻榻米，否則換了新的還是會被雨水浸壞。

我聽了陣腳大亂，怎辦好呢？他說他認識一個抓漏師傅，會請師傅來看看，但這陣子大阪多雨，很多人也要找抓漏公司，師傅不能這麼快來施工，他會儘量請師傅抽空檔配合的。之後的一星期，抓漏師傅來了，還好漏水的情況不算嚴重，師傅花了幾天把屋頂漏水的地方都修補了，榻榻米公司的負責人還拍了很多照片給我看。這一次修補屋頂漏水雖然花了近二十萬日元，但修補好了之後就住得安心，可以一勞永逸，這些錢是值得花的、需要花的。

修補屋頂之後，榻榻米公司負責人告訴我，等電力管線和電燈都換過了，就可以開始更換榻榻米和貼壁紙。這樣折騰了一番，已經到我買了機票要去大阪的日子，由於房子還沒整理好，我未能住進去，只好在附近的飯店住一星期，也方便監工。

到了出發去大阪的日子，我滿懷希望踏上征途。從台北到大阪的三個多小時航程後，到了關西國際機場，然後轉捷運，只花半小時就到了我買的房子。雖然從沒來過這裏，但用

google map 找來這裏的路線也不難。因為到了這裏已經是晚上，安裝電力設備的人説明天才可以帶我看安裝好的情況。

我在飯店睡了一晚，第二天早上九點就心急地直奔自己的房子。全屋的管線和燈具都換過了，顯得分外明亮，連一些報價中沒有説會換掉的例如廚房和衞浴裏的小燈，也全部換過新的了，冷氣機和熱水器也安裝得十分妥當。全屋的電燈都是用遙控開關的，十分方便，我對這一切感到滿意，這些錢很值得花。

榻榻米公司的負責人很有禮貌而且樂於助人，他幫我找來修補樓頂的人，修補得很妥當，我對他十分信賴。果然，一個星期之後，我來到看自己的新屋子，榻榻米全換過了，壁紙也是新的，連每間房的推拉門都換過了，全屋變得煥然一新，是我在日劇中看到那些古色古香的日本房子的模樣！我太驚喜了，急不及待要馬上住進來！

志美的日記（3）

我來台灣之後，腸胃的健康狀況惡化了，因為每天都光顧早午餐店和其他小店，胃脹、胃痛、上腹痛、肚瀉的情況經常出現，膽固醇也高出正常值。台灣有很健全的健康保險，我來台灣才半年便有資格加入，於是就附近的大同醫院看肝膽胰內科，獲安排一個多星期之後去照胃鏡、全腹超聲波。做完檢查覆診時，醫生告訴我檢查發現我的膽內有一顆 1.5 厘米的膽石，是引致右上腹痛的原因，但不算嚴重。照胃鏡時卻發現我的胃裏有瘜肉，膽管、十二指腸有腫脹的情況，已經抽取組織化驗是否有惡性組織，病理報告要一星期後來覆診才看到。

看報告那天，我戰戰兢兢地走進診症室，心情像等候宣判死刑似的。女醫生將我的健保卡插入讀卡機，神情凝重地看着我的化驗報告，對我説：「胃裏的瘜肉和膽管、十二指腸組織的病理報告也沒問題，該只是有點胃潰瘍和十二指腸潰瘍，拿些藥回去吃，吃完再來覆診便行。」

聽了醫生的話，我放下了心頭大石，心中說了很多遍感謝神。

方林的日記（4）

來到新屋，首先要解決的是睡覺問題，要去買床墊和被子，從家裏走路十分鐘就有一百元店，那裏有很多日用品、清潔用品和小傢俱。我把房子清潔一番，還買了床墊、床單和一些煮食的用具。

從房子走路半小時，有一間賣中古家電的商店，我在那裏選了中古的洗衣機、冰箱和微波爐，隔了兩天就送來了。放衣服、雜物的膠箱、小茶几、小凳子都是在一百元店買回來自己組合的。基本的設備齊全，我就可以在大阪安心住下來了。

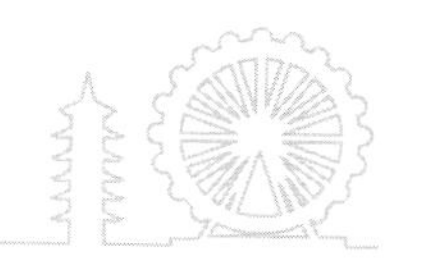

這裏的空氣很好，在外面看到的是藍藍的天，走在街上感到逍遙自在，因為日本的駕駛者都很禮讓，行人過斑馬線時全部車子都會停下，而且行人路很寬闊，在這裏逛街十分安全，我覺得自己選對地方了，我該可以在這裏安心住下來，這裏就是我的烏托邦！

這間古老的一戶建有四個大房間、一個可以在裏面放一張大餐桌的廚房和一間衞浴，房子外面還有一個十多坪大的庭園。我是多夢寐以求可以住在一間獨立屋裏，而且還有自己的庭園！可是，這個庭園因為日久失修，已經長滿了雜草，變得荒蕪了，裏面還有很多凋謝了的樹木。我自己沒法處理，問了左右的鄰居，他們也不認識打理庭園的人。

剛好榻榻米公司的負責人來拿收據給我，我就問他有沒有認識打理庭園的人，他看見我這麼迫切和無助，肯只酌收幾萬日圓來幫我清理庭園。他花了一整天，把庭園清理乾淨了。這個善良又樂於助人的日本人，我是多麼感謝他，便買了一點小謝禮作為答謝。

然後，就是我大展身手的機會了！我到一百元店買了十多支用來做圍欄的長膠條，雖然辛苦，弄得雙手也腫了，但花了大半天，一個簡單的圍欄總算做好了。我又買來很多假攀藤植物圍在圍欄上，做成了一個綠意盎然的花棚。之後，再在DAISO 買了很多盆栽、掛畫，將屋外布置成一個美輪美奐的庭園。對了，這就是我的安樂小窩！

用來做圍欄的長膠條每條只是一百日元，假植物和盆栽也是每個一百日元，總共花了不到五千日元，就把一個本來荒廢了的庭園變成一個可愛的小花園！我還在 KONAN STORE 買來了兩把大減價的太陽傘，每把只是三百日元，還有兩張露營用的摺椅，夏天就可以在這裏邊沐浴於陽光邊喝下午茶，那是多麼寫意的生活啊！

就在準備展開在這裏的烏托邦新生活的當兒，我收到在台灣定居的姐姐的電話，她説住在養老院的媽媽身體轉差了，但因為姐夫被派到美國工作，她不能不跟着去，她問我可不可以到高雄照顧媽媽。因為台灣安老的設施很好，我一直把照顧有退化症的媽媽的重擔交了給姐姐，現在難道還要她丟下家庭不顧，留在台灣照顧媽媽嗎？我放下電話，惆悵良久，還是決定要到高雄照顧媽媽。

但是，大阪這間屋子我是萬萬捨不得割捨的，我只好請仲介公司幫忙出租，有朝一日，我還是要搬回來的！仲介公司幫我找了一個也是來自香港的租客，是一個獨居的女生。我想到自己在這裏亂打亂撞買屋子、整理屋子、把屋子裝潢成自己的烏托邦的故事，也可以和她分享一下，希望她看了可以好好愛惜這間屋子，便將自己這些日子以來寫下的日記留了下來。

志美的日記（4）

空閒時除了把時間耽擱於圖書館中，我最常光顧的是早午餐店。開始時他們一聽到我說國語的廣東話口音就問我是不是香港來的，之後會跟我聊起香港的事，對香港的現況都表示同情。我最害怕聽到早午餐店一些上了年紀的阿姨一臉憐憫的說：「香港很亂、很慘啊！來到台灣就幸福多了，這麼容易就拿到台灣人的身份證，你真幸運！」

聽到這樣的話，我會低首不語，馬上逃開，因為這讓我想到一個中國古代的故事——「嗟來之食」。雖然那位阿姨並沒有不禮貌，但是看到她一臉憐憫，說話是嗟歎連連，也令人不大好受，讓人有點寄人籬下的感覺。

來了高雄之後，雖然生活舒適，心境舒坦，然而多少個晚上，在夢中會回到步入飛往高雄的航機機艙那一刻，回望身後的一切竟霎時化為烏有……或者，夢中回到從前的住處，卻已面目全非， 地方已被鵲巢鳩佔……

夢中驚醒，渾身是汗，滿目是淚。有多少個夜晚，在夢中會回到從前居住的深水埗區，回到陪伴我成長的旺角……五光十色的霓虹招牌，那令人懷念的街頭小食……

不是因為不喜歡高雄，也不是因為那個阿姨的幾句話，只是，這陣子，腦海中常常冒出「除卻巫山不是雲」這句詩，除了香港，哪裏都不是故鄉，住在哪裏都是一樣！我想到另外的地方居住試試。

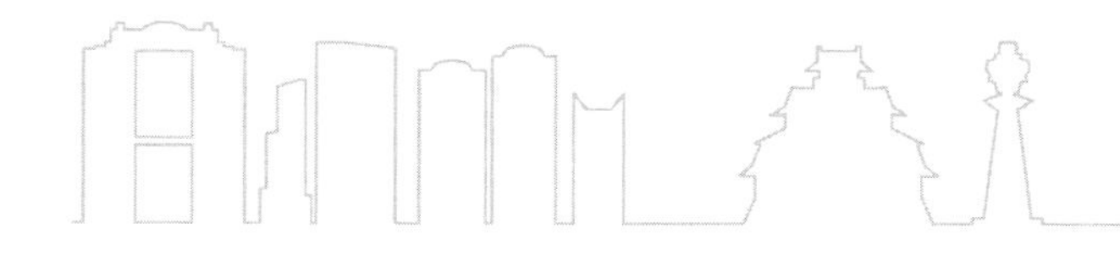

於是，我想到有朋友曾經在大阪居住，她曾向我介紹一些大阪的古舊一戶建，還說這些已有四、五十年歷史的一戶建租金很便宜，是在我負擔之內的。

我請王小姐幫我把現在住的舊公寓出租，不到一個月就找到租客了，她說租這間屋的也是一個香港人，是一個獨居的香港女生，於是，我想到把我這幾個月寫下來的日記留下來給她，相信對她適應這裏的生活會有很大的幫助……

餘韻／尾聲

想不到一個身處大阪、一個身處高雄的兩個香港人，雖然之前互不相識，卻因為兩本日記成為了朋友。他們透過日記上寫的方法聯絡上了，知道對方都打算回香港之後，相約在香港見面。

方林在 2023 年 8 月 22 日回到香港，志美比她遲兩天，他們相約在旺角朗豪酒店的餐廳見面。方林早到了五分鐘，到了三時正，她看到一個黑色 T 袖、牛仔褲的女子進入餐廳。雖然未見過志美，但她感覺到這個就是她，她舉起手招呼志美，志美朝她走過來。

「你是方林！」

「你是志美！」

二人打過招呼之後坐下來，各要了一杯飲品。

志美說：「今天是 8 月 28 日，你知道是甚麼日子嗎？」

「香港的重光紀念日！[5]」方林想起來了，然後，兩個人沉默了一陣子。

「方林，你已經回到香港幾天了，這麼久沒回來，回到香港的這幾天令你想到甚麼？」志美問。

方林反問：「往後你有甚麼打算呢？你會去哪裏？」

「哪裏也一樣吧！不是香港，不是自己的出生地，不是自己魂牽夢縈的地方，就哪裏都可以，哪裏都一樣吧！」志美問。

「一切美的和善的事物都不會被遺忘的！希望香港在我們熟悉的招牌都被拆下了、霓虹燈都不再亮了、我們熟悉的社區都被移為平地之後，一切美的和善的事物都還不會被遺忘吧！」方林感慨。

「但願我們會如願！」志美舉起手中的咖啡代酒，跟方林碰杯。

方林拿起盛着奶茶的杯子，跟志美的杯子一碰，兩人的眼淚又簌簌地流下了。

5 重光紀念日：為紀念盟軍在第二次世界大戰中擊敗日本，被日本佔領三年零八個月的香港於 1945 年 8 月 30 日獲得解放，港英政府將 1946 年 8 月 30 日定為解放周年紀念日，並列入香港公眾假期；1983 年起紀念日改為每年 8 月最後的星期一及其之前的星期六，此公眾假期在 1997 年回歸後以「抗日戰爭勝利紀念日」的名義維持，至 1999 年假日被取消。

小東和筆友的奇妙旅程

小東的爸爸在一間研究新科技的公司工作，具體做甚麼的小東不知道，只知道爸爸常拿一些高科技產品回來給小東和媽媽試用。聽說爸爸工作的總公司在日本，他每年都要到日本總公司匯報，他還答應小東遲些兒會帶他到日本遊玩，這是小東最期待的。

暑假快開始了，小東向爸爸提起要去日本玩的事，但媽媽卻說：「這陣子爸爸公司的工作很忙，哪有時間出國！」

爸爸問小東：「你真的很想去日本嗎？」

「嗯！」小東大力點頭。

「你想多點認識日本嗎？」爸爸問。

小東再點頭。

「你想交一個日本筆友嗎？」

「筆友？甚麼是筆友？」

「那是爺爺那個年代的用語了，難怪你不明白。筆友即是以寫書信的形式和其他人交朋友。爸爸有一個日本同事的兒子年紀跟你差不多，你們可以成為筆友。」

「筆友會見面嗎？我還是要到日本才見到他吧！但剛才媽

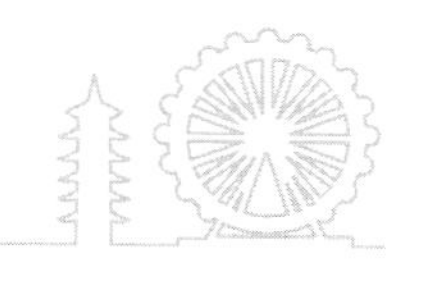

媽說你工作很忙，你是不會在這個暑假帶我到日本的吧？那麼交日本筆友有甚麼用？」

「交了日本筆友的話，你們可以分享生活中的見聞。他可以告訴你他在日本生活有趣的事，你也可以告訴他在台灣生活有趣的事，這多好！」

「我不要，我不要只聽筆友說有關日本的事，我要親自去日本玩！但是你又沒空帶我去！」

「如果我說你交了日本筆友之後，可以不用爸爸帶你，你也可以親自感受日本呢？」

「不用你帶我去？我一個小學生自己去日本？」

「不是這樣，是你不用親身去日本，也可以感受日本的一切……」

「那是看錄像或用甚麼 VR 嗎？我才不要！我要自己親眼看到、親耳聽到、親手觸摸到，最重要是還要用口吃到的！」

「這些你不用到日本也可以做得到！」

「我不相信，爸爸你不要再哄我、騙我了。」

「爸爸沒騙你，你要試試看嗎？」

看到爸爸說時一臉認真，小東無奈地點頭。

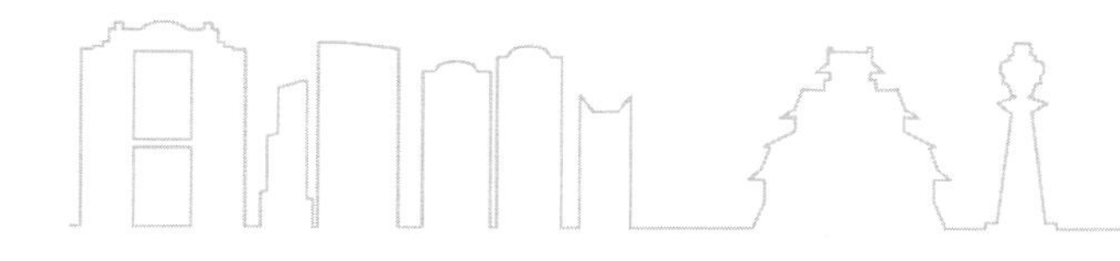

第二天，小東的爸爸在電腦前忙了一會，就讓小東坐到電腦椅上，對他說：

「這位日本小朋友的名字是雅也，和你一樣是十歲，他住在日本的大阪。」

「日本的大阪？聽去過日本旅行的同學說大阪有環球影城，很好玩的，我也可以去玩嗎？」

「那些遲一點再說吧！你現在可以用翻譯軟件和雅也溝通了，先跟他打個招呼吧！」

小東跟雅也打招呼，之後聊了一些學校和生活裏的瑣事，小東也感到很有趣，可是他念念不忘要去日本玩的事。

聊了半小時之後，小東問爸爸：「我已經和雅也成為筆友了，我甚麼時候可以去日本玩？可以親眼看到、親耳聽到、親手觸摸到、親口吃到？」

爸爸猶豫了半晌，說：「明天吧！等我先和雅也爸爸安排好，就可以了！」

這個晚上小東興奮到幾乎睡不着覺，就像第一次參加學校旅行那時一樣。好不容易等到第二天黃昏，爸爸沒有不守諾言，他忙完手頭上的工作，就叫小東坐到電腦前面，只是這一次電腦旁邊放了一組儀器。

爸爸在那組儀器前調校了一會之後，正色地對小東說：「小東你聽好了，這是爸爸和雅也爸爸這一組人研發的新發明，就

名叫『筆友計劃』。兩個在不同地方的人，可以透過這部儀器，和對方交換身份，可以運用對方的感官去感受對方身處地方的一切。雖然這計劃還在試驗階段，但離成功只有一小步，而且這儀器是十分安全的，你不用擔心回不來。你明白嗎？」

小東點頭以示明白，爸爸幫他戴上一個類似頭盔的物體，小東的奇幻旅程便開始了！

「小東，今次是第一次，只是讓你試驗一下怎樣運作，爸爸會一直在你身邊監察和操控的。因為明天是雅也所居住的大阪貝塚區處理可燃垃圾的日子，所以雅也的爸爸要忙於處理垃圾分類，你的筆友計劃的試驗就由此開始吧！」

小東閉上眼再張開眼，赫然發現眼前的景象已完全不同了。他置身於一個廚房，但那不是家中的廚房。這個廚房比家中的廚房大得多，也明亮得多。站在他旁邊，有一個比爸爸矮一點點的男人，他對小東說：「雖然你的身體還是雅也的身體，但該已換成小東了吧？我是雅也的爸爸，也是你爸爸的同事，你可以叫我齊滕叔叔。不好意思啊！因為明天是丟可燃垃圾的日子，我前幾天沒空處理垃圾分類，現在要忙於處理。對不起，讓你的第一次的日本之旅由這麼乏味的情景展開，但我會儘量令這段時間變得沒那麼乏味的！我知道台灣也有垃圾分類的，但日本的分類方法跟台灣的略有不同，叔叔會給你講解，請你也幫忙叔叔分類可以嗎？」

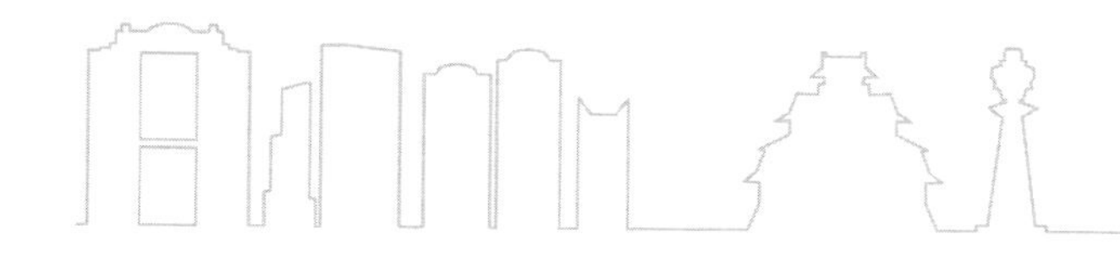

小東點點頭，然後問齊滕叔叔：「叔叔你是日本人，為甚麼國語説得這麼好？」

齊滕叔叔笑着説：「我之前曾被派到台灣的分公司工作好幾年，國語都是那時候學的。雖然你爸爸沒有被委派來日本工作，但他在日本公司做事，也要懂得日語，你爸爸可是花了很多努力學習的，所以他的日語也説得很好。」

説完，齊滕叔叔把小東帶到廚房的長型工作桌前，工作桌上放了一些瓶瓶罐罐，還有一些紙盒、便當盒、廚餘等等。

他指着放在桌子旁邊的紫色和透明膠袋説：「小東請你記住了，紫色的膠袋是裝可燃垃圾的，舉凡廚餘、紙類或者在花園修剪的野草等也可以放進去，至於裝飲品、食物的紙盒、膠盒、膠瓶等就是不可燃垃圾，要放在透明膠袋裏。另外，一些被污染了、難以清洗的紙盒、膠盒也可以當成可燃垃圾，要放進紫色的膠袋裏。還有一些貼在瓶子上的金屬成分的標籤不可以和瓶子一起丟，要分開丟棄。我會説得太快太複雜嗎？你明白嗎？」

小東抓了抓頭説：「這比台灣的分類複雜多了，不知道我是否做得來，我們台灣只需要分成環保和不環保垃圾。」

「不要緊的，分錯了我會告訴你，你就把這當成玩遊戲吧！」齊滕叔叔鼓勵小東。

小東手忙腳亂地將不同種類的垃圾放進紫色和透明的膠

袋，間中有放錯了的，齊滕叔叔就幫他把垃圾放回正確的膠袋裏。

半小時後，小東有點累了，垃圾分類的工作總算完成了，齊滕叔叔把紫色的膠袋綁好後，對小東說：「明天一早我把這袋垃圾放到路口，就會有垃圾車的工人把它收走的了。感謝你幫忙，你該也累了，叔叔請你吃杏仁豆腐作為報答吧！日本製的杏仁豆腐很香、很滑、很好吃的。」

小東吃得津津有味，他想起同學們說日本的東西很好吃，想起就垂涎三尺了。

「下一次，叔叔會帶你去品嚐日本食物的，請期待。」齊滕叔叔說。

當小東還在回味杏仁豆腐的香滑時，張開眼，他已回到自己的家。他雀躍地對爸爸說：「爸爸，我今天幫齊滕叔叔做了垃圾分類，他說下次要帶我去吃東西哩！你剛才帶雅也做了甚麼？」

「我們嘛，剛才我帶雅也去追垃圾車了！」爸爸說。

「追垃圾車？」

然後，爸爸對小東述說剛才和雅也一起做的事。

小東一家住的小區，垃圾車每晚六點來到，來的時候會響起音樂聲。小東的爸爸對雅也說：「垃圾車來了，你可以幫忙拿這一袋嗎？」

雅也點頭，幫忙拿了一袋裝飲品的膠樽和紙盒，小東的爸爸則拿了一大袋家居垃圾。他們走到家樓下的轉角處，已經有很多人拿着垃圾在那裏等候，然後雅也看到有兩台大型貨車從遠處駛來。

小東的爸爸説：「前面的一輛是垃圾車，可以丟家居垃圾；後面的一輛是環保車，可以丟環保垃圾如膠樽、紙盒等。」

垃圾車停下來了，很多人馬上走近去將垃圾往垃圾車一丟，也有些人從遠遠的地方就把垃圾丟向垃圾車，因為他們丟得不準確，令裝滿垃圾的膠袋碰撞到垃圾車車斗的邊沿，令膠袋破損，袋子裏的髒物濺了出來，差點濺在雅也的身上。

「沒事吧？」小東的爸爸問。

「沒事。」雅也説。

這時雅也看到一個學生模樣的女生左手拿着一大捆泡沫塑膠，右手拿着家庭垃圾走近第一輛垃圾車，她將一大捆泡沫塑膠丟進垃圾車，沒想到車上的阿嬤大聲喊道：「環保垃圾不可以扔進去，快點拿回去吧！」

「拿回去？泡沫塑膠已經扔進去，沾滿了污水和髒物，怎麼能拿回來呢？」那個女生委屈地説。

「拿回去！泡沫塑膠要扔到後面的環保車。」阿嬤用濃重的台語口音喊着。

女生只能無奈地捂着鼻子，將泡沫塑膠拿出來，拿到後面的環保垃圾車去扔。

看到這一幕，小東的爸爸和雅也相視而笑起來。

小東和雅也的第二次旅程是去吃東西，這令他倆大為雀躍，都對這次旅程十分期待　。

到了那天，在二人交換身份之後，齊滕叔叔跟小東説：「午餐我們可以到外面吃，有拉麵、蕎麥麵、烤肉、茶漬飯、壽司、魚生、大阪燒、章魚燒等等，都是日本人常吃的。」

聽了一大堆食物的名字，小東感到毫無頭緒，不知道該選擇甚麼才好，他想到一個剛從日本旅遊回來的同學，説過日本的超級市場有各式各樣的日本風味食物，便説：「叔叔，請你帶我去超級市場。」

齊滕叔叔把小東帶到附近的超級市場，小東看到偌大的地方放着滿滿的各式食物，瞪大眼發了呆，不知向哪裏走才好。

齊滕叔叔牽着小東的手，帶他到一列七、八個冰櫃前，説：「這裏是日本最有名的和牛，不只有普通的牛肉，還有牛肩、牛舌等不同部分，另一邊是魚生、壽司，都很新鮮，那邊還有可以即食的食物，咖哩飯、蛋包飯、麻婆豆腐飯、漢堡、大阪燒和天婦羅等等，你慢慢挑，挑選完了還可以到那邊選甜品和飲品。」

看到琳琅滿目的食品，小東感到頭大如斗，挑了半小時，他選了和牛、壽司、大阪燒和蛋包飯，齊滕叔叔説兩個人吃該足夠了。然後，齊滕叔叔又帶小東去選甜品，有很多不知名的糕點，令小東大感好奇。除了麻糬、栗饅頭和羊羹等比較常見之外，還有一些三顆一串綠色、粉紅色的小丸子，還有一些透明的小丸子和方形的糕點，旁邊有一些像花生碎的粉狀物用來醮着吃的。

小東各挑了一些放進購物車中，齊滕叔叔對他説：「這麼多糕點，我們兩個人吃不完。」小東説：「這麼特別的糕點，我想帶回去給爸媽嚐嚐。」齊滕叔叔微笑説：「東西不能帶回去的，這不同一般旅行可以帶些手信回去。」於是，小東把一些糕點放了回去。

回到齊滕叔叔的家，齊滕叔叔拿出了一個烤爐，烤了和牛來吃。齊滕叔叔烤得剛好，和牛新鮮，醬料又美味，小東吃得一口接一口，停不下來。因為和牛吃得太多，其他的食物如壽司、大阪燒、蛋包飯他都吃不完。還有糕點啊！怎麼辦？小東只吃了透明的方形、圓形甜點，就吃不下了，他覺得吃不完的不能帶回家很可惜。

「不要緊，吃不完的就留給雅也明天吃吧！他也喜歡吃的。」齊滕叔叔說。

「對了，不知道爸爸帶雅也去吃甚麼呢？」小東想起雅也來。

「他們該會去夜市吃東西吧？雅也前幾天已常常嚷着要去台灣夜市吃美食。」

另一邊廂，小東爸爸帶着雅也到家附近的夜市，雅也看到一個個夜市美食攤檔已兩眼放光，但爸爸教他不要看到美食就衝前去嚷着要吃，要保持禮貌矜持，要等小東爸爸向他介紹完各式食物，才好告訴他自己想吃甚麼。

「這是炸雞，台灣最有名的，雞塊比我們的臉還要大，雞塊外脆內軟，香脆的炸粉鎖住肉汁，令雞肉保持鮮嫩多汁。旁邊有大腸包小腸，因為外面是糯米造的，所以不宜吃太多，否則吃不下其他美食。那邊還有一口餃子、地瓜球、烤魷魚、一口牛、肉羹、八寶冰等，看看你喜歡吃甚麼。」

雅也有禮地說：「叔叔，我有點口渴，爸爸告訴我珍珠奶茶和木瓜牛奶是台灣最有名的飲品，珍珠奶茶在日本也可以喝到，我可以喝木瓜牛奶嗎？」

「當然可以，我去給你買。你看看想吃甚麼，但不要離開我太遠，恐怕會走失。」小東爸爸叮囑。

雅也聽了緊緊跟在小東爸爸身後走，小東爸爸為他買了木瓜牛奶、炸雞塊、地瓜球和烤魷魚。小東爸爸拿出烤雞塊和烤魷魚給雅也，說：「這些可以趁熱邊走邊吃，否則冷掉了就不好吃了。」

「在日本我們不會邊走邊吃，頂多只會站在小攤旁邊吃。」雅也說。

「你看夜市的路這麼窄，攤檔前又停了幾台機車和站滿人，是不可能站在攤檔旁吃的。你看其他人也是邊走邊吃的。」小東爸爸耐心地向雅也解釋。

「但是人和機車這麼多，烤魷魚的竹籤這麼尖，不小心弄傷了自己或別人都不好。」雅也正說時，有兩台機車在他身旁呼嘯而過，嚇了他一大跳，令他差點站立不穩。

小東爸爸連忙攙扶着他，說：「你該不會習慣邊走邊吃的，這樣吧，我們走到夜市盡頭，到機車和行人都較少的地方吃吧！」

他倆走到夜市盡頭，雅也才比較放心的站在街角喝木瓜牛奶、吃炸雞塊。吃完之後，他問小東爸爸：「夜市裏人多擠逼，為甚麼還有機車在來回穿梭？這不會發生危險嗎？」

「這些就是台灣的交通亂象，要真正認識台灣的話，也該認識一下這『行人地獄』！」小東爸爸煞有介事地說。

「行人地獄？」雅也聽到這駭人的名詞有點吃驚。

「你要是有勇氣的話，下一次我就帶你冒一次險！」小東爸爸促狹地笑着對雅也說。

小東和雅也的第三次筆友旅程，就選在雅也下課後，小東知道自己該不會明白雅也上課的課程，所以選在下課後交換身份，下課後可以和同學一起去玩。

下課後，同學陸續走出課室，有幾個相信是雅也的好友邀小東一起騎腳踏車。

小東和同學走出了學校大門，奇怪的事情發生了，學生都是三五成群的走路回家，怎的不用等家長來接呢？在台灣，小學生都不會在路上走，也不敢獨自過馬路，都是等父母騎着機車來接。在這裏，小學生卻都是下課後自己走路回家，他們在路上跑跑跳跳，聊聊笑笑，表情都很悠閒、自如，不像在台灣的小孩走在路上都要左閃右避。過馬路的時候，轉彎的車輛全都會停下來禮讓行人，行人可以邊走邊談笑。道路很寬闊，走在行人路上不會有機車在你身邊呼嘯而過。路上也不會滿是機車，只是間中有些騎腳踏車代步的人經過。

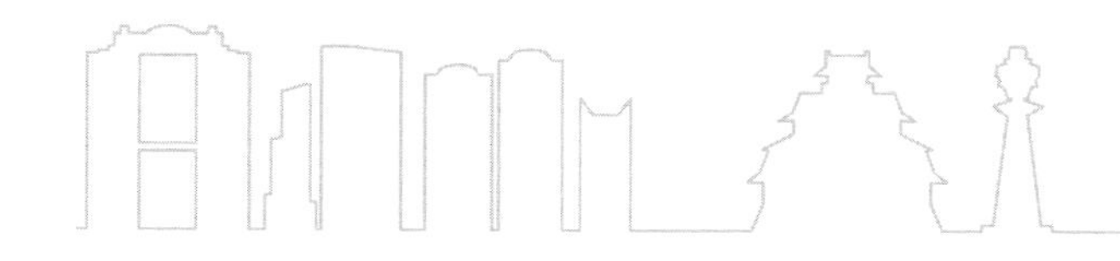

小孩子下課後會放心地在路上走，時而看看路邊的花草樹木或店鋪，和同學談笑晏晏，樂也融融。這情景、這畫面在台灣是多難以想像啊！這難道就是老師口中的理想國、烏托邦嗎？

幾個同學和他一起騎腳踏車，在路上自由奔馳，説説笑笑，累了就停在飲品售賣機前喝飲品，坐在路旁聊天。在這自由自在的氣氛中，小東樂不思蜀，已經渾然忘卻要回台灣去了。

小東回來之後，整天嚷着要留在日本，促爸爸申請到日本工作，這樣他們就可以舉家移居日本，他就可以每天下課後和同學徜徉遊玩，騎腳踏車到處去，因為很安全，媽媽也必定不會阻止。

小東的第三次筆友旅程輕鬆愉快，但是雅也的剛好相反，他的旅程充滿了危險。

之前説到當雅也聽到「行人地獄」這個名詞之後，感到有點吃驚，然後小東的爸爸對他說：「你要是有勇氣的話，下一次我就帶你冒一次險！」

在第三次旅程裏，小東的爸爸帶着雅也走在家附近的街道上，這條街道不算十分繁忙，但是和雅也走在日本的街道上的感覺十分不同。

小東的爸爸說：「這裏跟日本不同，你千萬不要自己過馬路，就算看到交通燈轉為綠燈，你也不可以踏出去，要看清楚，最好跟着我走。在台灣，小孩子自己過馬路是十分危險的事！」

雅也想着：在日本，自己下課後都是自行走路回家的，有甚麼危險呢？就算在交通燈轉為綠燈時，雖然有轉彎的車子，但是車子也必定會停下來讓行人先過路，這會有甚麼危險呢？

這時，雅也看到在不遠處，一個老伯走在斑馬線上，短短路程竟因為機車不斷竄出，讓明明能依綠燈過路的他停在原地超過二十秒，而就在他快要抵達對面馬路時，卻一連有十多輛機車接力違規紅燈右轉，讓老伯呆在當場。

雅也被眼前的景象嚇得目瞪口呆，回過神來之後，問小東的爸爸：「老伯伯要過馬路竟這麼危險，這是為甚麼呢？」

「這裏的過路規則和日本一樣，交通燈即使轉了綠燈，車輛也可轉彎。綠燈的時間短且轉彎的車輛多，台灣的駕駛者都不會像日本的駕駛者一樣禮讓行人先過，所以行人過馬路要急行，而轉了紅燈也未能過路的情況時有發生。加上這裏的駕駛者比較隨意，衝燈、隨時隨意掉頭是等閒事，過馬路要時刻警醒。」小東的爸爸詳細解釋。

然後雅也又看到機車駕駛者的奇怪景象——一個胖子坐在座駕的位置上，前面站了八歲的小孩，後面是他的太太抱着大約兩三歲的小孩，這愛亂動的孩子就夾在爸媽中間。在另一台機車上，一個男子把兩條比孩子還要高的狗用自己的兩條腿夾着放在機車上，然後在路上狂飆。最令雅也難以置信的，是看到有些駕駛者駕着機車在行人路上狂飆，令行人要左閃右避。

「這裏駕機車的人比日本多很多，日本的機車駕駛者不會帶着小孩和狗兒駕車出外的，機車也絕對不會跑上行人路！」雅也說。

「你有所不知了，台灣人覺得騎機車最方便，甚麼地方都可以去，也可以載上幾個乘客、一些貨物甚至寵物。駕駛者會騎上行人路，就算是有許多人走在路上，騎機車的都會駛上去，前面有老人、小孩、有推着嬰兒車的女人也不會理會。」小東爸爸說。

然後，他們走到一個菜市場，市場上購物的人熙來攘往，摩肩接踵，但是駕機車的人還是在這裏左穿右插，似乎不多理會會否撞上行人或攤子。

「機車走進那些人多擠逼的狹小的街道沒問題嗎？」雅也一臉擔心的問。

「無論菜市場、夜市多擠迫，機車喜歡穿插到哪裏、在哪裏停也可以，管它有多少人！騎機車的人也可以在人群中間靈活穿插，一定要停在要光顧的檔攤前面，就算前面已經停了四、五輛機車，也有方法找到位置停下。」小東爸爸的語氣中帶着不滿。

「檔攤前面已經有四、五輛機車停在那裏，後面的人怎麼過路？」 雅也問。

「也許那些騎機車的人會這樣想：誰叫那些人不騎機車？騎機車進夜市、菜市場買東西，甚至連下車也不用，就甚麼也買得到，誰叫他們不騎機車就在夜市行走！」小東爸爸答。

之後，在回家的路上，雅也看到一個阿嬤一手拄着拐杖一手拿着滿滿的菜籃，有點狼狽。不少機車在她前面狂飆，就算交通燈已經轉錄了，轉彎的機車還是不肯讓她，雅也看了實在焦急。不遠處，他又看到一個阿嬤走在行人路上，那明明是一條行人路，但是卻有一個年青人在行人路上騎機車。那條行人路很窄，年青人的機車卻直直地向阿嬤駛來，意思是要阿嬤讓他。阿嬤一手拄着拐杖一手拿着菜，要挪動身子很慢，可是年青人的機車還是直直向她駛來，而且沒有減速。小東的爸爸按捺不住衝上前，大力拍了那個年青人的肩膊一下。年青人像受到了驚嚇，呆了，車子也停了下來，阿嬤也就安安全全地踏在行人路上，慢慢走路回家了。

看到這些情景，小東的爸爸感慨地説：「老實説，我也看不過眼這些魯莽的駕駛者，據説台灣是世界上機車密度最高的國家，機車是台灣人的腳，只要是人用腳可走到的地方也有機車的蹤影。舉凡夜市、街市、公園、行人路，彷彿也是人和機車並行的地方，行人要時刻留意讓路。這裏其實沒有真正的行人路，因為一樓店主、屋主門外的地是屬於他們的，所以他們可以租給人或自己做生意，也可以泊車、種花、晾衫，有些更千方百計令行人不能通過。加上因為地方是屬於自己的，可以隨意加高、鋪設自己喜愛的地磚，所以一條短而直的路也常是高高低低的，拖着行李箱走過的話實在疲累。由於路上、路邊常泊滿車或放了雜物，行人常要走到馬路上，日曬雨淋、險象環生，不一而足。此外，有些人喜歡養狗，大狼狗或愛亂吠的狗等，在外面的公車站等公車或路過時，遇到惡狗撲出來或狂吠的情況也不是沒有。」

「但是這真是十分危險啊！沒有辦法改善嗎？」雅也問道。

「機車數目如此多和普遍，任性駕駛者的出現是難免的，因此，機車超速、衝燈、違例轉彎、隨處亂停、在行人路上行駛等等的情況，已成了路上的『日常』，台灣人已習以為常。但和你一樣的外來者或遊客未必適應。有網友分享日台交流協會製作的『日本人在台安全指引』，指出：『台灣駕駛傾向車輛優先，而不是行人優先。不論何時，即使是綠燈過斑馬線，也應該確實注意周圍車輛。請小心在行人面前勉強通過的轉彎車輛，機車普遍會在人行道停車，機車在人行道騎行也時有所見，即使在人行道步行也需注意前後機車的騎行狀況。』以此提醒來台的日本遊客務必提高警覺。」

「竟然是這樣嗎？那麼我回去之後，一定要告訴爸爸：我們有機會來台灣旅遊的話，必定要注意這些情況，要記着這些

指引才行。叔叔你和小東走在路上也要多小心啊！」雅也的聲音中滿是關懷。

「感謝你的關心，我們會的。叔叔也要對你說一聲抱歉，抱歉在這次旅程中，讓你看到這些令人不愉快的景象。」小東的爸爸誠懇地說。

「不要緊，爸爸常對我說：每件事情都有好的壞的兩面，好的我們要欣賞，壞的我們也要多認識，看看有甚麼辦法改善。」雅也微笑着說。

「你有這樣正面的想法真是太好了！」小東爸爸說。

小東在第三次筆友旅程結束後，每天都懇求爸爸轉到日本的總公司工作，讓他們一家可以到日本居住，那麼，他就可以每天下課後和同學在路上談笑、追逐，或者一起踏着腳踏車到處去玩了，這些都是小東夢寐以求的生活。這些懇求的話，每天他都要對爸爸說上幾次，令爸爸不勝其煩。

雅也那邊又怎樣呢？他在體會了台灣「行人地獄」的一面之後，似乎久久驚魂未定，想起在台灣過馬路的情景也會發抖，他對爸爸說：「我不要再到台灣了，我很害怕，不想再繼續筆友的旅程了！」

爸爸對他說：「我不是對你說過：每件事情都必定有好的一面和壞的一面嗎？你在這次旅程中看到了壞的一面，但台灣其實有很多好的一面的。你忘記之前去的夜市令人垂涎三尺的食物了嗎？台灣人也很有人情味、很有愛心，而且現在台灣的各項城市建設十分先進……你要欣賞這些好的一面哦，至於不好的一面，就等它慢慢改善吧！」

雅也聽了點了點頭。

第二天，當雅也的爸爸和小東的爸爸二人在網上開會議時，小東的爸爸把小東不停懇求他改到日本的總公司工作的事告訴了雅也爸爸，雅也爸爸聽到後笑了起來，將雅也說不敢再到台灣旅遊的話告訴小東爸爸。

「我們該怎麼辦呢？想不到這個筆友旅程會對這兩個孩子產生這樣的影響，這是我們都始料不及的！」小東爸爸說。

「我常對雅也說：每件事情都有好的一面和壞的一面，好的一面我們要欣賞，壞的一面我們要想辦法改善，也許這話對小東也會有所啟發呢！」雅也爸爸說。

「好的，我就把你這話對小東說說！」小東爸爸說。

這句滿有智慧的話，也對小東產生了影響，他聽了思考了很久，之後，努力在網上找了很多關於台灣交通問題和改善方法的資料，然後躊躇滿志地對爸爸說：「我已經想到改善台灣交通問題的方法了，我要把這些方法放在網上，和其他人分

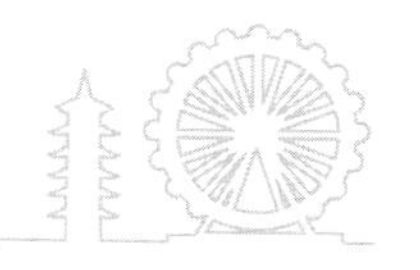

享。我和班上的幾個同學談過這事，同學提議我們可以在網上建立一個關注組——一個由小孩子成立的交通關注組。社會的未來是屬於我們的，我們希望未來的交通問題會得到改善，所以我們會在關注組上分享一些交通安全知識和改善交通問題的想法。我還希望可以邀請雅也親自來我們的學校，跟同學分享日本的交通規則和駕駛者的態度，同學們聽到了，也許會改變他們對交通問題的看法呢！」

小東爸爸想不到小東好像在幾天之內長大了似的，變得明白事理了，而且他的想法還這麼積極、正面。這不就是這次筆友旅程帶來的正面、良好影響嗎？他慈愛地撫摸着小東的頭，讚美他：「你的想法很好，你想怎麼做爸爸也一定會支持的！」

「爸爸，我希望我們一家人可以到日本玩，去探望雅也一家，也希望邀請雅也一家人來我們這裏玩，好嗎？」

「好的，我和雅也爸爸工作的公司快要發放年終獎金了，得到了獎金，我們一家和雅也一家也可以展開愉快的旅程了！」

小東聽了，高興得拍起掌來，臉上有着開懷和充滿盼望的笑容。

和老師一起看大阪淀川煙火祭

花火祭可以説是日本夏季節目的高潮，從南到北都瀰漫着一股花火節的熾熱氣氛。花火大會的起源要追溯至西元 1733 年，當時的德川吉宗將軍為了弔唁和紀念前一年在瘟疫中死去的人民，便在兩國一帶的川畔舉辦水邊祭典，施放煙火，以求慰藉亡靈與退散惡靈。

和香港半小時密集發放兩萬個煙花的方式不同，日本的花火大會一般會持續一兩小時。日本的年輕女孩會穿着傳統浴衣結伴去看煙花，而在花火大會的會場中會同期舉行夏祭，設有不同遊戲攤位。對日本人來説，沒有參加過花火大會，就像沒有放過暑假、沒有經歷過年輕的璀璨一樣。正因為如此，每年七至九月全日本約有九百場的花火大會，花火閃亮了整個日本的夜空。

很多日本女孩子認為，一生當中一定要跟心愛的人一起看一次花火大會，青春才沒有遺憾。所以花火大會時都會有很多女生穿着氣質高雅的夏季浴衣、踩着木屐、拿着小提袋，經過悉心打扮後去欣賞花火大會。這些打扮漂漂亮亮的年輕女孩，有的會牽着心愛的另一半的手，或是與三五知己一起邊嬉鬧邊走；因此，盛妝打扮的年輕日本女孩，成為了花火大會另一幅吸引遊人目光的美麗風景。

抵達大阪的浪速後，到民宿稍事休息，就出發去看煙火。

大阪淀川花火大會是位於大阪市區新淀川上施放的煙火，每年八月的第二個周六舉行，原本就是旅遊熱門地區的大阪，在這時又吸引了非常多人來此欣賞、拍攝煙火。花火大會在八月十日舉行，下午五點開放入場，七點四十分開始施放煙火。

為了避開看煙火的人潮，我選擇提早前往。果然才到梅田車站，就看到平日原本就很熱鬧的梅田已是滿滿的人潮。在車站就看到不少已穿着浴衣準備去欣賞煙火的日本人，很有節日氣氛。

開放入場時，我趕緊走到堤防最上方，當時更早來到會場的攝影愛好者已佔好位置，還好幸運地搶到了第二排的區域。座位方式是在草地上席地而坐，怕髒的話可將野餐墊鋪上坐。我搶訂到的「パノラマスタンド」堤防左二區域，位置偏了點，而且畫面會有幾根攝影支架擋着。

旁邊來看煙火的都是一家大小、三五知己，他們在等候看煙火時，在七嘴八舌地聊天、談笑，但熱鬧的是他們，我一點也不。

抬頭望天，低頭沉思，我想起從前有關王老師的種種……

王老師生於香港，父親是香港人，母親是日本人。少年時代他隨母親在大阪的故鄉淀川生活，高中之後，才回香港攻讀大學，隨後在我唸書的中學當教師，一教就是四十年。

上個月，我從定居的高雄回香港，短留兩星期，抵步不久便收到中學同學的通知，説王老師已經病危。他的食道曾經大量出血，肺炎的情況嚴重，現在插了供呼吸的喉管。家人説有朋友探望的話，會令他有點激動，令本來躺在病床上不能動彈的他，有時會激動得想掙扎坐起來。家屬擔心他的動作會令喉管弄傷他的上呼吸道，所以儘量不想太多人來探望。

我請和王老師相熟的老師問准了家人，更問了王老師身處的醫院病房和病床號碼，便於翌日早上馳往探望。當時病房裏沒有其他探病的人，我走近老師的病床告訴他我是誰。因為我戴着口罩，所以對他説了幾次我的名字。老師是認得我的，他睜開疲累的眼睛看着我，頭微微一點。我先問候他是否很辛苦，然後對他説了我在台灣的近況，再跟他説感謝他在我的中學年代待我的種種恩情。

這些年來，我一直有和王老師聯絡，近年更有和他談論世局時事。我知道他最關心我們年青人，所以特地對他説我知道他的心願，鼓勵他道：「我們要鬥長命，請你堅持下去！」

然後，我問他：「我為你祈禱好嗎？」他點頭，我就為他祈禱。在我自己的日常禱告中，常常祈禱老師能夠信主得救，

得到永恆的生命。但令我感到憤慨的是老師數年前曾經有機會認識主、信主，那是他住院的時候，曾經有一個院牧向他傳福音，他們也很談得來。可是，後來那院牧竟向他借錢，還騙了他的錢，令他十分失望，也因而失去了對信仰的信心。

為他祈禱之後，看到他的眼睛不停轉動，應是示意我早些回去。我不忍心就這樣離開，就站在病床邊看着他閉目休息。不久，他又睜開眼睛轉動不停，示意我回去。我點點頭，但仍是站在病床旁邊。不久他再張開眼，看到我仍在，就奮力擺了擺手，然後我再點點頭，走開了幾步，卻仍站在不遠處看他。我想應是他不想學生看到自己病重渾身插滿喉管的狼狽樣子，所以不想我留下。

這天之後，我收到跟王老師相熟的老師的訊息，說家人不想他太激動，所以暫時不希望其他人探望王老師，但是兩天後，王老師的情況急轉直下，相熟的老師問了他是否想再見到從前的學生，他點頭，又問他想見哪個學生，然後逐個學生的名字問他，當時有說到我的名字，王老師也點了頭。

雖然我兩天前到醫院探望過他，但我想老師可能忘記了，或者可能那天其實不太認得我，所以我又去了探望他。這回我告訴他我是誰，他仍是點頭，再說跟他祈禱，他也點頭。之後，他的誼子對我講述了他的病情，說雖然他想堅持下去，但情況不太樂觀，堅持下去只會令他更加辛苦，每一分一秒也會是痛苦萬分。

我跟他說：「也許老師不想我們看到他躺在病床上動彈不得、身上插滿管子的樣子，但是在他教過的學生心目中，他永遠是站在教室的講台上滔滔雄辯、春風化雨的模樣。他改變了很多學生的生命，沒有他的教導，我們不可能成為今天的自己。」

說時，我強忍淚水，他的誼子卻是聽得淚流滿面。

我知道王老師還有一個心願，就是回到淀川這個他成長的地方。之前和他見面茶敘的時候，他常常談到青少年時代的生活，常說很想回去看看，之前因為工作忙沒有機會回去，令他引以為憾。我和幾個同學於是相約他去淀川旅遊，他聽了喜形於色，誰也想不到不久後他就中風要臥床，淀川之旅最終沒有去成。

之後他身體的情況稍為改善時，我與他茶敘的時候，對他說我們還有淀川之約，然後，我們還說起我的高中年代的一些往事。

在期終考試後，根據學校慣例，為確保整體會考成績，中四年級的部分學生可能會因為考試成績不佳，被安排留班重讀。在期終考試成績出爐後，升班或留班的學生名單即將揭曉。去年留班的大部分同學這次考試卻取得驚人進步，獲得優

異成績。與此同時，一向成績平平的中游學生，包括我在內，卻因此與他們交換了位置，成為成績較差的一群。

「怎麼可能？」「這真是不公平啊！」「他們為甚麼能取得這樣的成績？」和我一樣，成績處於中等的同學，一直以來都是比較沉默的一群，但這次成績一出，我們也不禁爆發出不滿。

「有甚麼不公平的？你們了解情況嗎？」我問道。

「他們都在作弊。」其中一個同學回答。

「真的嗎？你親眼看見了嗎？」我再次追問。

「當然，我親眼看見了，而且不只一次。期末考試那天，我就坐在他們旁邊。」另一個同學有些憤慨。

我認真地詢問他們：「那麼，你們願意出來作證嗎？」

「我願意。」「我也願意。」「當然願意！」

那些一直沉默的同學終於發聲，我們達成了共識，一致認為面對這不公平、不公義的事情，應該站出來揭發真相。

就在等待機會的時候，王老師在班導課堂上的一席話，直接加劇了事件的惡化。

他在課堂上讚揚去年留班的同學，讚美他們「知恥近乎勇」，在這學年勤奮用功，成績大幅進步，他還指出，去年留班的同學全都可以升班。

之後，王老師公布了其他同學的名次和是否升班的結果——那些成績本來位於中游的同學全都要留班，包括我。我在一班四十五人中排名第二十一，因為商科班的兩科主科——打字和會計不及格，也必須留班！

「要留班的同學不用氣餒，留班是打好學習基礎的機會，你們應該以去年留班、今年成功升班的同學為榜樣！」王老師鼓勵我們。

真是諷刺，竟然要我們學習那些作弊的同學！如果王老師知道他們作弊的真相，還會這樣說嗎？

下課後，我和一眾願意出來作證的同學開了一個誓師大會，他們推舉我作為代表，因為他們說：「你的中文科成績最好，王老師最欣賞你，最相信你的話！」

我也毅然決然地邁開大步，昂首向王老師所在的二樓教師室走去。

「王老師，我有件事要和您談。」我用堅定的語氣說。

「是關於你要留班的事情嗎？」王老師認為自己了解一切。

「不，這是更重要的事情，我們能到別處談嗎？」

看到我表情嚴肅，王老師將我帶到校務處旁的會客室。

「去年留班、今年得以升班的同學，都是透過作弊取得好成績的。」我簡明扼要地說。

「這是嚴重的指控，你不能隨便誣陷他人，你有親眼目睹嗎？」老師嚴厲地質問。

「有，至少有十個親眼目睹的同學可以作證！」

「他們只在期終考試作弊嗎？」

「不，無論是期終考試還是平時測驗，他們都有作弊！」

「那為甚麼當時你們沒有檢舉他們？」

「我們想給予他們改過自新的機會……」我有點給老師嚴正的氣焰嚇倒了。

「那為甚麼現在不能給他們機會呢？難道是因為你們要留班，所以想揭發他們，讓他們不能升班，那麼你們就可以升班？」王老師有些氣憤地打斷我的話。

「不，不是這樣……」

「你知道這件事的嚴重性嗎？如果他們今年不能升班，就要被趕出學校！他們已經讀到中四了，只剩一年就可以取得中學畢業的資格。你了解不能得到中學畢業資格的中四生在尋找工作時有多困難嗎？你們現在為甚麼不肯給他們機會？是為了你們自己的利益嗎？其實今年要留班的學生只是在幾科主科的成績表現不佳，留班一年打好基礎對他們不是壞事呀！」

「這不是問題的核心，這是做人原則的問題，作弊的學生可以升班，而沒有作弊的學生反而要留班，這不公平。」我堅定地向老師辯解。

「你難道就不能為那些同學的前途多考慮一下？」老師有點生氣了，「讓他們取得中學畢業的資格，出來找工作也會容易一點。如果讓他們讀到中四就被趕出學校，他們找工作又難，豈不更容易走上歧途？以後社會上就多了一批不良分子！」

「靠作弊升班和畢業的學生，將來在社會中工作不是更容易做出不法行為嗎？學校教育應該灌輸給學生的是公平和正義，難道學校要教導我們作弊可以成大事嗎？」我毫不退縮地反駁。

不知為何，我竟說出這番慷慨激昂的話，讓老師無言以對。然而，雖然我成功地讓老師陷入困惑，但隨後的一兩天內，事情卻毫無進展。似乎老師並未打算調查作弊事件，或是推翻升班的結果。

這該怎麼辦呢？離暑假放假的時間只剩下不足一星期了，我們還能採取甚麼行動呢？我們這班上的吹哨者再次聚集在一起，這一次，連那些成績優秀且能順利升班的同學也加入了我們的行列。在我慷慨陳詞之後，他們也紛紛簽名支持我們揭發作弊的行動。

「但是，王老師是班導，他不會查的的話，還有誰會查呢？」成績最好的女班長擔心地說。

「怎會沒辦法？我們必須施展合縱之計，聯合六國抗秦！」我突然頓悟地引用了王老師教我們的中史科典故，讓自己也有些吃驚。

王老師的辦公室在二樓，為了避免驚動他，我決定先往三樓的教員室等待，等到所有老師都集合在那裏時，我大聲向教我們英文科的歐老師舉報這起驚人的作弊事件。第二天早上，歐老師告訴我，學校方面對事態的嚴重性感到擔憂，已經決定全面調查此事，我立刻向副校長詳細交代整件事。

當我從副校長的辦公室出來時，碰到了也被傳召去交代的王老師。我沒有迴避，但王老師臉色鐵青地對我說：「把事情弄得這麼大，令那些留班的同學永不超生，你以為你們就會因此受益，就能順利升班了嗎？告訴你，就算他們都被勒令離校，我也不會讓你升班的。因為留班對你並無害處，但被勒令離校，對那些同學來說，卻是終身的污點！」

我沒有懷疑，只有激動地說：「我不能升班也不要緊，那些同學的污點是他們自己不正當的行為引致的。我始終相信公平和公義一定要彰顯出來，特別是在我們作為學生的時代。如果現在不爭取，將來在社會上工作也會變成不懂得爭取公義的人！」

「那麼，你也要準備承擔自己行為的後果。」王老師絲毫不假以辭色。

聽到老師的話，我感到很委屈。也許王老師一直以為這是我不甘心留班的意氣之爭。當他説完話轉身走開時，我眼中的淚水馬上奪眶而出，再也控制不住了。

暑假前的最後一天是派發成績表的日子，我們都知道這是我們被正式告知全年成績和能否升班的日子。這一天，有參與作弊的留班同學沒有上課，因為他們已經被告知要離校。而一些原本可以升班的同學，因為參與了作弊，成績不被承認，也受到了留班的處罰。

由於有許多原本可以升班的同學要離校或留班，大約有十多個升班的位置空了出來。當時我在班上考第二十一，排在我後面考得第二十多名甚至第三十多名的同學都可以升班，但我卻要留班，不能升上中五，只能重讀中四。

在那次揭發同學作弊事件之後，我並沒打算默默留在原校重讀中四。以我當時的成績，應該能在一所成績中等的學校升讀中五。於是，我暗自決定不告訴家人，翌日便悄然前往尋找新學校。

我選擇了到童年時代居住的旺角的中學叩門。因為升中學時我們一家搬到了葵涌的屋邨居住。儘管母親希望我選擇家附近的學校，但我內心更希望在旺角區讀書。

走向我選擇的中學，須經過一段漫長斜路，這時的我充滿着複雜的情感，孤獨的我漸漸明白為何感到如此不忿和委屈。

走完那段漫長的路，我終於到達了那所學校。老師查看了我的成績表後告訴我，他們的中五班還有空位，我的成績足夠插班，但需要校長最後確定。於是，我留在休息室等候校長的決定。

這時我給姊姊打電話告訴她情況，她卻告訴我王老師打了電話給她，安排我下一年從商科班轉到文科班，並幫我辦好了手續、交了留位費，囑我在開學時一定要回去上課。

這消息讓我內心在掙扎。在與王老師的「鬥爭」中，我一直堅持對事不對人，絲毫沒有減損我對他的尊敬。這電話更讓我明白，他一直在關心我，一直認為我適合唸文科而非商科。他讓我留班和為我轉科的決定，都是為我好、為我着想的。

此刻，我原本迷失和憂慮的心，突然找到了方向和依靠，就像一隻無舵的小船看到了安全的涯岸。

之後，我沒有去詢問學位結果，而是直接回家，安心等待下學年開學。雖然要重讀中四，但在漫長的暑假中，我的心情逐漸由憂心轉為期待，因為我感受到背後有一股力量在支持我，有人對我有期許，讓我不能有所辜負或退縮。

在重讀中四的那一年，我遇上了好老師和好同學。我在中文、中史和文學三科的成績都名列前茅，考到了全班第二名。

這一年，王老師沒有教我中文科，轉而教中史科。我們之間的前嫌盡釋，直至後來我在中學會考中，中文、中史、文學

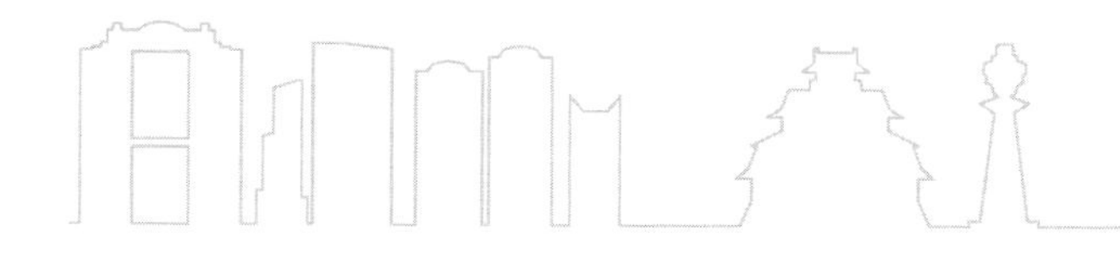

三科都取得優良成績，得以在原校升讀預科，可說是不負老師的期望，他也為我感到高興。

我和幾個同屆畢業的同學一直很想和王老師去一次淀川旅遊，但因為他的健康情況每況愈下而不能成行。王老師一直促我們不用等他，自己組團去玩，並說我們一定要去看淀川的煙火節。

有同學問他：「淀川的煙火節真是那麼精彩，那麼好看嗎？」

他說：「不單精彩、好看，還很有意義！」

接着，他為我們說起日本煙火節的緣起和意義來。

日本煙火大會的歷史可追溯到 1733 年。當時的日本發生饑荒與傳染疾病，全國出現許多死者。為了悼念死者，並為驅逐帶來饑荒和疾病的惡靈，於是在隅田川舉行了「水神祭」。為祭奠亡者在祭典中所施放的煙火，成為現在的煙火大會的起源。

為了悼念死者？為了驅逐帶來疾病的惡靈？煙火可以驅逐帶走老師的惡靈嗎？

想着想着，一陣喧鬧聲讓我從回憶中回到現實，原來精彩絕倫的煙火表演要開始了。當晚七點四十分煙花開始時，人們用智能手機拍下五彩繽紛的煙花並大力鼓掌。煙花像扇子一樣從水面散開，引發了歡呼聲。不同形狀的花火，如最經典的造型為「菊」與「牡丹」都在空中盛開。「菊花」從花火升空開始就拖曳着長長的尾巴，以衝上天際的軌道為引子，最後於天際綻開；「牡丹」則不留痕跡，靜默地升起，蓄積能量至最高點處，再奮力而華麗地綻放。寬度廣達五百公尺的長排煙火連續發放，有倒映河面上的水中煙火，配合節奏同步施放的音樂與煙火互相輝映，令人嘆為觀止。

花火大會施放時間長達整整一小時，期間各種造型、大小不同的絢麗煙火輪番登場，配上悅耳的背景音樂與觀眾的歡呼聲，把整場活動的熱烈情緒拉到最高點。煙火當中的亮點，是花火大會的名物「八重芯変化菊」和「五重芯変化菊」，煙火在升空之後會停留在空中一段時間，最後以拋物線的形狀緩緩下墜，直到消失，就像一朵短暫綻放的菊花。

煙火五彩繽紛，令人目不暇接，我沉醉在這絢麗的色彩之中，感到有點目眩神迷了。然而，美好的時光總是容易過去，無數彩色的小點星散，逐漸消失在夜空中，這精彩的煙火表演已接近尾聲，要完結了，我的心情又由激動回到悵惘。

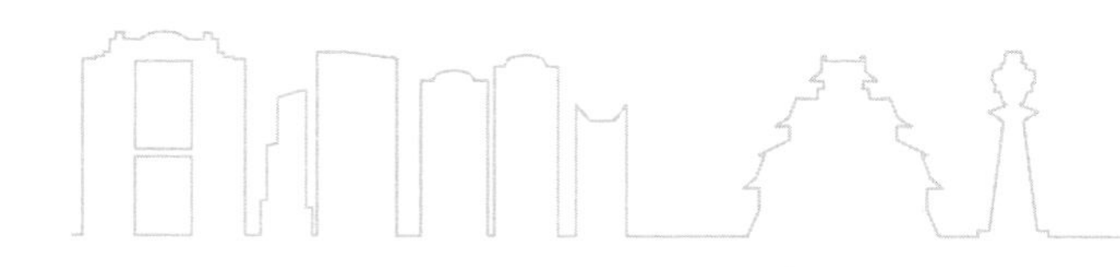

悵惘和悵然若失的原因，是王老師不能身處此地看到這絢麗的煙火。難道我現在是代他看嗎？身在天國的他看到這精彩的煙火表演嗎？

回想在我重讀中四那一年，王老師幫我付了留位費並代為安排轉讀文科，這個舉動改變了我的人生軌跡。如果我沒有改讀文科，就不會取得在文科上的好成績，也不會順利升上中六，不能考進大學主修中文，日後更不可能成為編輯和作家。王老師的關懷和幫助，改變了我的生命，讓我走向自己嚮往的未來。

王老師的諄諄教導、王老師對學生的影響，並不是驚鴻一現的煙火，而是長存心裏、永恆不滅的一點燭光，會一直照亮我們的人生和前路。

附表一：港幣、台幣與日幣匯率對照表

港幣（HKD）	台幣（TWD)	日幣（JPY）
1	4	19
2	8	37
3	12	56
4	16	74
5	20	**100**
25	**100**	467
100	400	1,854
1,510	**6,000**	28,008
503,410	**2,000,000**	9,335,400

注：匯率以 2024 年 1 月 5 日為準，四捨五入至個位數

附表二：坪數與呎數面積對照表

坪	呎（英制平方尺）
1	36
2	71
3	107
4	142
5	178
6	214

注：四捨五入至個位數

坪	呎（英制平方尺）
7	249
8	285
9	320
10	356
20	712
50	1,779
100	3,558

香港作家巡禮系列
大阪高雄雙城記

作　　者：周淑屏
繪　　者：Gloria Poon
主　　編：譚麗施
責任編輯：張珮瑜
特約設計：Eric Chan
系列設計：張曉峰

總經理兼出版總監：劉志恒
行銷企劃：王朗耀　葉美如
出　　版：明報教育出版有限公司
香港柴灣嘉業街 18 號明報工業中心 A 座 15 樓
電話：(852) 2515 5600　　傳真：(852) 2595 1115
電郵：cs@mpep.com.hk
網址：http://www.mpep.com.hk
發　　行：香港聯合書刊物流有限公司
香港新界大埔汀麗路 36 號中華商務印刷大廈 3 樓
印　　刷：創藝印刷有限公司
香港柴灣利眾街 42 號長匯工業大廈 9 樓

初版一刷：2024 年 6 月
定　　價：港幣 88 元｜新台幣 395 元
國際書號：ISBN 978-988-8796-60-1

補購方式

網上商店
- 可選擇支票付款、銀行轉帳、PayPal 或支付寶付款
- 可選擇郵遞或順豐速遞收件

mpepmall.com

電話購買
- 先以電話訂購，再以銀行轉帳或支票付款
- 訂購電話：2515 5600
- 可選擇郵遞或順豐速遞收件

讀者回饋

感謝你對明報教育出版的支持，為了讓我們能更貼近讀者的需求，誠邀你將寶貴的意見和看法與我們分享，請到右面的網頁填寫讀者回饋卡。完成後將有機會獲贈精美禮物。數量有限，送完即止。

https://www.mpep.com.hk/hkwriters